www.blue-panther-books.de

ANNA LYNN

FEUCHTOASEN³

EROTISCHE BEKENNTNISSE

www.blue-panther-books.de

BLUE PANTHER BOOKS TASCHENBUCH
BAND 2180
1. AUFLAGE: JANUAR 2012

VOLLSTÄNDIGE TASCHENBUCHAUSGABE
ORIGINALAUSGABE
© 2012 BY BLUE PANTHER BOOKS, HAMBURG
ALL RIGHTS RESERVED
COVER: MAKSIM SHMELJOV @ ISTOCK.COM
UMSCHLAGGESTALTUNG: WWW.HEUBACH-MEDIA.DE
GESETZT IN DER TRAJAN PRO UND ADOBE GARAMOND PRO
PRINTED IN GERMANY
ISBN 978-3-86277-005-2
WWW.BLUE-PANTHER-BOOKS.DE

INHALT

1. WiedersehensFick 7

2. Ein heisser Empfang 8

3. ZauberSalbe 18

4. SexSucht 24

5. AbschiedsFick 32

6. VögelGedanken 40

7. HurenLohn 47

8. WasserMassage 57

9. SexFreier Tag 62

10. TausendUndEine Nacht 66

11. MöchteGernFicker 72

12. Zu Hause fickt sich's am besten 85

13. LösungsVögelei 91

14. BarBekanntschaft 99

15. GruppenSex vom Feinsten 107

16. Knall ihn rein! 119

17. Die schönste aller Mösen 126

18. Auch Spanien hat geile Hengste . . 134

19. Die spanische LuftNummer 137

20. Meine Muschi ist heiss 142

21. SexTräume 145

22. Entspannte SexTage 148

23. Behutsame Vögelei 165

24. Miami SexFieber 179

25. Genug gevögelt! 190

26. VögelLaune [nur im Internet] 191

1. Wiedersehensfick

Burt und Dave hatten kaum Zeit, mich, ihre Herrin, willkommen zu heißen. Sie zogen mich aus, küssten meine Möpse, streichelten meine Schenkel, machten mich heiß. Sie legten mich auf die Seite – der Gärtner Dave schob seine schlanke Peitsche in meinen Po, der Chauffeur Burt jubelte mir sein starkes Stück in meine feuchte Oase, die danach lechzte. Sie trafen sich unterwegs und rieben sich aneinander, ich heulte vor Wonne. Endlich wieder die vertrauten Geräte in mir! Nachdem ich vor Geilheit aufschrie, zog der Chauffeur sein Ding aus meiner Möse und stopfte es mir zwischen die Lippen, während Dave, nach Gärtnerart, weiter in meinem Hintern herumstocherte, als wenn er Blumen pflanzen wollte.

»Steck deinen Finger in meine Muschi und streichle meinen Kitzler«, stöhnte ich, nachdem Burt seinen dicken Schwanz aus meinem Mund genommen hatte.

Ich packte selbigen, um ihn weiter zu blasen. Dave brachte mich mit seinem Popofick und seiner Kitzlermassage fast um den Verstand. Nachdem es ihm zweimal gekommen war, bat ich ihn, sein Ding aus mir herauszuziehen. Dann nahm ich den dicken Schwanz von Burt aus dem Mund, wälzte mich auf den Rücken und zog ihn auf mich. Er versenkte seinen schönen Schwanz zwischen meinen Schenkeln und versorgte mich, und auch sich, mit einem letzten Orgasmus.

Inzwischen kümmerte sich der Gärtner darum, dass Essen und Trinken auf den Tisch kam. Zur Feier des Tages durften sie mit mir essen. Es wurde ein vergnügter Abend. Beide erzählten mir, wie sehr sie mich und meine Muschi vermisst hätten. Ich ließ anklingen, dass sich meine Muschi und ich gut unterhalten hätten und dass es sich auch woanders gut vögeln ließe.

Nach etwa einer Stunde warf ich beide raus und rief Susan an, um mich zurückzumelden. Sie war begeistert und lud mich sofort für den nächsten Tag ein. Zufällig sei auch Margarita da, die sich bestimmt auf mich freuen würde. Ich ging früh zu Bett, träumte feucht und innig von Charly, meinem ehemaligen Chauffeur, der mir meinen Aufenthalt in San Francisco so sehr versüßt hatte. Mein Gott, wie schön konnte der vögeln und blasen! Was hatte der alles drauf, um eine Frau fast in den Wahnsinn zu treiben! Vielleicht würde ich ihn irgendwann einmal einladen. Wenn ich nur daran dachte, wurde mir ganz anders.

2. Ein heisser Empfang

Gegen acht Uhr am nächsten Morgen wurde ich wach. Kurz geduscht, gefrühstückt, anschließend Haar- und Hautpflege. Bei Tageslicht gesehen und ohne Schminke wirkte ich doch etwas blass. Zwar sah man noch kein Fältchen, aber wenn das Lotterleben so weiterging, würden die nicht mehr lange auf sich warten lassen. Aber was sollte ich tun? Meine Muschi lebte und wollte Spaß. Sie meldete sich immer wieder, juckte und wollte gevögelt werden – am liebsten täglich, und das auch mehrmals.

Je größer und dicker der Schwanz, je rauer die Zunge, umso schöner war das Ganze. Basta! So war ich und so würde ich wohl bleiben, wenn nichts dazwischen käme.

Es kam aber immer wieder etwas dazwischen: mal ein schöner großer Penis, mal die flinke Zunge einer heißen Schwester ...

Das Telefon klingelte.

Susan war dran und fragte: »Wann kommst du, Anna? Ich

kann es kaum noch erwarten. In einer Stunde ist Margarita da und du kannst dich auf einen heißen Empfang freuen.«

»Das ist lieb von euch. Ich wollte aber genau das Gegenteil! Ich bin in mich gegangen, und zu dem Schluss gekommen, dass das Lotterleben ein Ende haben muss! Es kann doch nicht sein, dass sich mein Leben fast nur um Schwänze und Muschis dreht, es muss doch noch etwas anderes geben. Wenn ich aufwache, ist meine Muschi feucht, beim Frühstück denke ich darüber nach, mit wem ich es heute treiben könnte. Und wenn ich niemanden finde, werde ich verrückt. Meistens helfe ich mir dann selbst. Das Selbstfickerhöschen macht mich total geil! Ich habe inzwischen drei Stück davon. Aber ich werde sie jetzt alle in den Müll werfen, bevor die mich in den Wahnsinn treiben. Ich wollte heute mit dir ein ernstes Gespräch führen und in deine Kirche gehen, um für mich zu beten. Ich wollte dich als meine Pastorin, als meine Freundin, als meine Helferin besuchen und jetzt ... Jetzt kommst du mit einem heißen Empfang! Du weißt genau, dass ich nicht widerstehen kann!«

»Nun reg dich mal nicht auf«, sagte Susan mit ruhiger Stimme. »Es gibt für alles einen Weg. Raucher oder Alkoholiker schaffen den Entzug auch nicht von heute auf morgen. Lass es uns gemeinsam ganz langsam angehen. Ich werde einen Plan machen. Vielleicht schließe ich mich dir an, obwohl mir die ganze Bumserei mächtigen Spaß macht. Pastorin sein und dem lieben Gott dienen, muss nicht heißen, seine Lust nicht auszuleben, seine Muschi jedem gegenüber, ob Mann oder Frau, zu verschließen. Niemand hat Schaden davon, wenn einem Vögeln Freude macht! Und nun mach dich auf die Socken. Meine Muschi schreit nach dir, und Margarita fährt gerade vor. Wir warten auf dich, wollen dich nach Strich und Faden vernaschen, du warst viel zu lange weg.«

9

Bevor ich losfuhr, duschte ich eiskalt und zog mich noch einmal um. Meine Muschi war klatschnass und zitterte vor Aufregung, auch ich konnte es jetzt auf einmal kaum noch erwarten.

Ich brauste davon. Zum Glück war nirgends eine Geschwindigkeitskontrolle, dann wäre ich wohl auf einer Wache gelandet, und Polizisten dürfen im Dienst keine Verkehrssünder verführen ...

Als ich bei Susan ankam, war ich bereits auf Hochtouren. Sie und Margarita begrüßten mich herzlich. Susan nahm mich in ihre starken Arme und begrüßte mich mit einem zärtlichen Kuss. Margarita auch, dabei streichelte sie meinen Nacken. Ein erster Schauer erfasste mich.

Wir setzten uns auf die riesige Couch im Wohnzimmer des Pfarrhauses und ich musste bei einer guten Tasse Kaffee und Kuchen erzählen, was ich auf meiner Reise alles erlebt hatte. Die beiden hatten mich in ihre Mitte genommen. Als ich mit meinem Bericht am Ende war, nahm mich Margarita in die Arme, knöpfte meine Bluse und meinen BH auf, legte meinen Kopf auf ihren Schoß und küsste mich leidenschaftlich. Susan hob gleichzeitig meine Beine auf ihren Schoß, zog mir Rock und Slip aus, sodass ich quer auf den beiden heißen Schwestern lag.

Margaritas Kuss war unendlich. Sie berührte leicht meine Knospen, die knallhart wurden, dann knetete sie meine Brüste ganz zart, während Susan mich zwischen meinen Schenkeln, die sich wie von selbst öffneten, streichelte. Mit zwei Fingern ging sie in meine Muschi, nahm meinen Kitzler zwischen Daumen und Zeigefinger. Als sie dann meinen Po leicht anhob und ihre Zunge in mir vergrub, stöhnte ich vor Lust.

Nach meinem zweiten Höhepunkt wechselten sie die Stellung. Susan küsste mich und erfreute sich an meinen festen

Brüsten, während Margarita sich über den unteren, feucht-fröhlichen Teil meines Körpers hermachte. Ich stöhnte und schrie vor Wollust, krallte mich an Susan fest, ein Orgasmus folgte dem nächsten.

»Und jetzt wirst du gefickt«, jubelte Susan. Sie stand auf, zog eines ihrer Schnellfickerhöschen mit zwei Penissen an und sagte, ich sollte aufstehen und mich auf den Teppich knien.

Margarita legte sich dort auf den Rücken und bot mir ihre saftige, heiße Möse zum Fraß an. Susan schob mir vorsichtig ihren Kunstpenis von hinten in die Röhre und vögelte wie ein Kerl in mir herum – es war herrlich!

Voller Begierde steckte ich erst meine Nase, dann meine Zunge in Margaritas gieriges Loch, sog an ihrem Kitzler und ließ ihn wieder zurückschnellen. Sie verging fast vor Geilheit, kreuzte ihre Schenkel über meinem Kopf, sodass ich kaum noch Luft bekam, und feuerte mich an. Ich leckte immer tiefer in ihr herum und steckte einen Finger in ihren Po.

Nach einer langen Weile kamen wir alle drei auf einmal in einer geilen Explosion. Kraftlos sank Susan auf den Teppich. Ihre Möse landete genau vor Margaritas Gesicht. Die versah sie mit einem dicken Zungenkuss, der Susan wieder in Ekstase versetzte. Sie zog mich zu sich, fingerte wild in meiner Möse herum und küsste meine Knospen.

Nach und nach kam jede von uns noch zu einem leichten Orgasmus, dann dämmerten wir eng umschlungen vor uns hin und schliefen schließlich ein.

***

Erst gegen Abend wurden wir wieder wach und kamen nach und nach zu uns.

»Na, Anna, möchtest du immer noch den lieben Gott bitten, dass er dich von deiner Lust befreit?«, fragte Susan mich.

11

»Nein«, antwortete ich klar und deutlich.

»Dann leg dich auf mich«, sagte sie und machte ihre Beine breit. »Ganz dicht, damit sich unsere Kitzler spüren.«

Nach dem ersten Höhepunkt fielen wir über Margarita her. Sie lag noch immer auf dem Teppich, hatte einen Finger in ihrer Möse und spielte selbstvergessen in ihr herum. Ich nahm ihren Finger heraus, steckte einen von meinen hinein und spielte in ihr herum. Susan kniete sich über ihr Gesicht und mit geübter Zunge schmatzte sie noch einen weiteren Orgasmus aus ihr heraus. Nachdem auch das erledigt war, rief Susan ihren Lieblings-Chinesen an und bestellte Essen für vier Personen. Auf meine Frage, warum für vier, antwortete sie, dass noch ein Gast erwartet würde. Wer, verriet sie nicht.

Wir gingen gemeinsam ins Bad. Susan in die Wanne, Margarita und ich unter die Dusche. Ein wohliger Schauer packte mich, als Margarita begann, mich untenherum zu waschen. Als sie mit dem Daumen in meiner Muschi und mit einem Finger in meinem Po landete, war es wieder um mich geschehen. Ich heulte auf vor Wonne, zitterte am ganzen Körper und küsste Margarita leidenschaftlich. Erst auf den Mund, dann in den Po und steckte ihr meinen Finger in die Möse. So trieb ich sie zu einem weiteren Höhepunkt. Sie weinte sogar ein paar Tränen.

Wir zogen uns an. Als wir in das Esszimmer kamen, der Chinese hatte bereits das Essen gebracht, saß Susan schon am Tisch. Bei ihr hockte der junge Organist, der nach anfänglichen Schwierigkeiten nun doch seinen festen Job bei Susan angetreten hatte. Dass er Susan ab und zu vögeln musste, gehörte inzwischen wie selbstverständlich zu seinen Aufgaben. Sie hatte uns erzählt, dass es ihm aber auch Freude bereitete, nachdem ihn seine Freundin verlassen hatte.

Was Susan heute mit ihm vorhatte, ahnte er wohl nicht.

Üblich war: Wenn gevögelt wurde, gab es auch etwas zu essen. Dass heute drei Frauen zusammensaßen, störte ihn wohl nicht, denn so konnte er nach dem Essen bald verschwinden.

Als sie ihr Essen genossen hatten, fragte Margarita, ob es kein Dessert gäbe.

»Doch«, Susan lächelte, »es sitzt neben mir, schnapp ihn dir! Den vernaschen wir heute Abend.«

Der junge Mann wurde blass, wollte flüchten, was ihm aber nicht gelang. Da werden Weiber zu Hyänen. Sie hatten ihn sehr schnell bis auf seinen knappen Slip ausgezogen und ins Wohnzimmer geschleppt. Was sich da in seinem Slip entwickelte, war sehenswert.

»Jetzt machen wir ein flottes Spielchen«, tönte Susan und holte einen dunklen Schal. »Wir spielen Blinde Kuh!«

»Wie geht das?«, fragte unser junger Freund namens Peter. »Ganz einfach«, erklärte Susan. »Ich verbinde dir die Augen. Wir ziehen uns ganz aus, knien uns nebeneinander hin und du steckst einer von uns deinen wohlgeformten großen Schwanz in die Möse. Jetzt musst du raten, in wen du ihn gesteckt hast. Hast du richtig geraten, bekommst du zwanzig Dollar und darfst fünfmal zustoßen. Hast du falsch geraten, bekommst du nichts, musst aber die Dame auf den Rücken drehen und ihre Möse mit einem dicken, fetten Zungenkuss versehen.« Als Susan sein Gesicht sah, musste sie laut lachen. »Du brauchst keine Hemmungen zu haben, wir kommen gerade aus dem Bad, sind taufrisch, und wenn du mit deinem Schwanz schon vorher in einer der Mösen warst, ist das auch nicht schlimm. Du bist ja ein ganz sauberer Junge.«

Alle lachten von Herzen und zogen sich aus. Margarita legte ihm den Schal an, sodass er nichts mehr sehen konnte. Dann begann das Spiel. Ich dufte ihm den Slip ausziehen. Was mir da entgegensprang, war nicht von schlechten Eltern. Wir knieten uns nebeneinander hin und schon ging es los.

Ich fühlte als Erste seine zarten Hände an meinem Po, hob ihm meinen Po, so gut es ging, ein wenig entgegen und schwupp, war er in meiner feuchten Oase.

»Margarita«, verkündete er.

»Falsch«, sagte Susan.

Er zog seinen schönen Schwanz aus mir, was ich sehr bedauerte, denn ich war schon wieder in bester Vögellaune. Er drehte mich aber sofort auf den Rücken, spreizte meine Schenkel und küsste meine Muschi, dass mir Hören und Sehen verging. Das war allerdings nur ein sehr kurzes Glück. Am liebsten hätte ich ihn festgehalten. Das verstieß aber gegen die Spielregeln. Ich wechselte den Platz und kniete mich wieder hin. Das Spiel ging weiter. Wieder landete er bei mir, steckte sein Ding in mich rein und verkündete: »Das muss Anna sein!«

»Richtig«, bestätigte Susan. »Nun fick sie, aber nur fünf Stöße! Du hast dir die ersten zwanzig Dollar verdient.«

Sein Schwanz fühlte sich in meiner Muschi herrlich an. Fünf Stöße waren aber wirklich wenig – verdammter Mist! Ich wechselte wieder den Platz, kniete mich hin und hatte ein drittes Mal dieses herrliche Teil in meiner Möse. Wenn es doch drinbleiben könnte!

Die beiden anderen Damen wurden schon neidisch. Beim vierten Mal landete er in seiner Chefin.

»Ja«, sagte Susan. »Nun stoß zu! Ich bin schon ganz heiß.«

»Aber nur fünf Mal«, grinste Peter und waltete seines Amtes.

Beim nächsten Mal landete er wieder in mir und vertat sich prompt. Eigentlich müsste er doch meine süße Möse inzwischen kennen ... Jetzt bekam meine Muschi einen weiteren herrlichen Zungenkuss. Ich war so scharf, dass es mir kam.

14

Margarita war inzwischen so heiß, dass sie begann, in ihrer Möse zu spielen. Sie tat mir schon leid, aber Susan kannte kein Erbarmen. Der Zufall half: Peter landete mit seinem Prachtstück in Margarita.

Gegen alle Spielregeln seufzte sie: »Na, endlich!«

Peter war Kavalier und tat so, als ob er das nicht gehört hätte. Er verkündete: »Das ist Anna.«

»Nein«, sagte Susan, legte Margarita auf den Rücken, küsste ihre dicke, saftige Pflaume und schob sie Peter hin.

Peter vögelte sie fünf Mal, und zwar recht heftig. Margarita schrie auf, auch sie hatte ihren ersten Höhepunkt.

»Wie lange geht das wohl mit Peter gut. Wenn der einknickt, ist das Spiel zu Ende«, gab ich zu bedenken.

»Keine Angst«, erklärte Susan, »der kann bestimmt einige Stunden. Ich habe ihm zwei Potenzpillen in seinen Tee getan.«

»Das darf doch wohl nicht wahr sein!«, entrüstete sich Peter. »Das habe ich ja nun wirklich nicht nötig!«

»Sicher ist sicher«, sagte Susan. »Wenn ein Mann eine ganze Nacht drei scharfe Weiber am laufenden Band befriedigen soll, geht das ganz sicher schief. Jetzt kann nichts passieren. Wir werden bis morgen früh unseren Spaß haben, denn dieser Penis wird groß und stark bleiben, ob er will oder nicht.«

Alle freuten sich und lachten.

Peter lächelte gequält mit. »Das kann ja heiter werden.«

***

Nach zwei Stunden stand sein Prengel noch wie eine Eins. Mich hatte er fünf Mal kurz gevögelt und vier Mal meine Feuchtoase herrlich geküsst. Zwei Mal stand ich kurz vor einem Orgasmus und ein Mal war ein heftiger da. Susan hatte fast das gleiche Ergebnis, nur einen Orgasmus mehr als ich. Margarita hatte vier Höhepunkte.

Jetzt gab es eine Pause. Susan hatte Kaffee gemacht, dazu gab es Sandwiches.

Den Spielregeln nach musste Peter für das viele Geld, das er verdient hatte, alle Weiber einmal vögeln oder anderweitig versorgen, bis sie einen Höhepunkt bekamen. Wie, durften die Damen auswählen. Ich war als Erste dran.

»Komm, leg dich zu mir«, säuselte ich ihm ins Ohr und kroch rüber zur Couch.

Susan und Margarita waren kurz in den Garten gegangen, um etwas frische Luft zu schnappen.

»Nimm mich, aber richtig! Leg dich auf mich und knall dein Rohr in meine Fotze!«, befahl ich. »Vögle mich, bis ich nicht mehr kann.«

Das ließ sich Peter nicht zwei Mal sagen. Er drang mit Bravour in mich ein, stieß so sehr zu, dass ich mich im siebten Himmel wähnte. Er drang mit seiner Zunge in meinen Hals, dann küsste er meine Knospen, biss zärtlich hinein, leckte in meinem Ohr, küsste meinen Hals und vögelte in meiner Möse herum, dass ich dachte, sie platzt gleich. Während meines Riesenorgasmus steckte er seine geile Zunge in meine Fotze hinein und zog den Kitzler durch seine kleine Zahnlücke. Ich verging fast. Mein Orgasmus kam wie ein Wasserfall. Ich zitterte am ganzen Leib und dachte: *Das war's, das überlebst du nicht.* Ich merkte nicht einmal mehr, wie die beiden Frauen hereinkamen und ob ich eingeschlafen oder ohnmächtig geworden war.

Oh Peter, dürfte ich doch deine Orgel sein, dachte ich noch im Hinüberdämmern.

Ich merkte auch nicht mehr, wie die beiden scharfen Schwestern mich von der großen Couch herunterhoben und mich auf den weichen Teppich legten. Dann fielen sie über den armen Organisten her, dessen Schwanz immer noch steil nach oben stand. Sie wussten nicht mehr, wer laut Spielregeln an der Reihe war, gefickt zu werden, also machten sie einen heißen Dreier. Susan legte sich auf die Seite, Peter fickte sie in den Arsch und Margarita ging mit ihrer rauen Zunge feste in die pralle Susan-Fotze hinein. Es dauerte keine fünf Minuten, da gab es einen Knall. Susan hatte wohl den Höhepunkt ihres Lebens. Ihr wurde schwindlig und sie sah tausend Sterne.

Wie durch einen Schleier besah sie sich Margaritas feuchte Möse, vor der sie plötzlich lag, hörte noch einen Schrei, als Peter in Margaritas Hintern eindrang. Dann ging es los. Peter vögelte sie wie ein Bulle in den Arsch, weil er hoffte, dass nun endlich seine künstlich am Leben gehaltene Latte verschwand. Und Susan leckte Margaritas Fotze in höchster Not.

Die hatte ihren Kopf zwischen ihren mächtigen Schenkeln, wie in einem Schraubstock, und brüllte vor Wollust: »Leck mich oder bring mich um!«

Diese Orgie dauerte knapp zehn Minuten, dann konnte keiner mehr. Wir fielen in einen Tiefschlaf.

***

Erst gegen Mittag erwachten wir, Peter als Erster. Er stellte fest, dass sein mächtiger Ständer verschwunden war. Als er aber den mächtigen, prallen, bronzefarbenen herrlich geformten Arsch von Margarita sah, war er wieder da. Er konnte nicht widerstehen, zog vorsichtig ihre geilen Schenkel auseinander und fuhr genüsslich von hinten in ihre Wahnsinnsmuschi rein.

Darüber wurde sie wach, schnurrte erst wie ein Kater, ging dann aber ins Stöhnen über. Nach einem herrlichen Orgasmus verfiel sie wieder in einen Tiefschlaf.

Im gleichen Moment wurde Susan wach, sah ihren Orga-nisten immer noch mit einem Steifen daliegen und steckte sich denselben in ihre feuchte Möse. Auch das war nach zwei

Minuten vollbracht, gerade noch früh genug, Peter einen letzten Orgasmus zu bescheren.

Ich blies ihm einen, damit er wieder richtig stramm wurde. Kurz bevor er kam, setzte ich mich auf ihn, und so konnte er mich bei diesem kleinen Morgenritt ein letztes Mal für heute beglücken. Danach zog ich mich an, schlich fast auf allen vieren zu meinem Wagen und fuhr nach Hause.

***

Auf meinem Schreibtisch lag eine Notiz, ich sollte dringend meinen Mann anrufen, es sei wichtig. Das tat ich mit letzter Kraft. Da er nicht da war, vereinbarte ich einen Termin mit seiner Sekretärin.

Danach rief ich den Gärtner an. Der kam sofort. Offenbar, weil er glaubte, ich wollte gevögelt werden, was ja nichts Besonderes wäre. Seine Hose war völlig ausgebeult. Als ich ihm lediglich sagte, er möge mich morgen früh pünktlich um sieben Uhr wecken, zog er beleidigt ab. Auf meinen Wecker wollte ich mich nicht verlassen, denn ich hatte diesen wichtigen Termin bei meinem Mann im Büro.

3. ZAUBERSALBE

Pünktlich am Morgen weckte mich der Gärtner. Sein gieriger Blick beeindruckte mich überhaupt nicht. Zum ersten Mal nach langer Zeit hatte ich am Morgen keine Lust zum Vögeln.

Ich wankte ins Bad, als ob ich noch einen Schwanz in meiner Möse hätte, denn ich hatte einen fürchterlichen Muskelkater in den Schenkeln. Als ich in den Spiegel sah, erschrak ich. Ich sah aus wie ausgekotzt.

»Nein!«, schrie ich. »So kann es nicht weitergehen, so gehe

18

ich vor die Hunde. Ab sofort wird nur noch einmal pro Woche mit einem Mann gevögelt. Höchstens eine halbe Stunde mit Pausen und drei Höhepunkten. Ich will nicht mit Vierzig aussehen wie eine abgetakelte Fregatte. Mit Vierzig soll sich noch jeder nach mir umdrehen. Mein einzigartiger strammer Arsch soll erhalten bleiben, mein Gesicht nicht von Falten entstellt sein, meine Muschi soll für Mann oder Frau begehrenswert bleiben. Also werde ich mich ändern, werde Susan bitten, mit mir dafür zu beten. Wenn es sein muss, dann werde ich mich sogar bei einem Psychiater auf die Couch legen.«

Der zweite Grund, warum ich keine Lust zu vögeln hatte, war der Termin mit meinem Mann. Würde er unangenehm sein? Wenn er mich früh am Morgen sprechen wollte, war es für ihn auf jeden Fall wichtig.

Ich ging erst einmal unter eine lauwarme Dusche, schrubbte mich von oben bis unten. Als ich den Finger in meine Muschi steckte, tat das weh. Ich stellte fest, dass ich sie gestern wundgeritten hatte. Eine gute Salbe, die ich für solche Fälle immer da hatte, würde das regeln. Mehr Arbeit machte mir mein Gesicht. Ich kam mir alt und grau vor. Ein bisschen Make-up sollte den morgendlichen Eindruck übertünchen.

**

Unsicheren Schrittes machte ich mich auf zur Reederei. Mein Mann erwartete mich und ein starker Kaffee stand bereit.

»Guten Morgen, meine Liebe. Ich hoffe, du hattest eine gute Reise und hast alles gut hinter dich gebracht. Du hast vorzügliche Arbeit geleistet und darüber wollte ich mit dir sprechen.«

Er gab mir einen Kuss auf die Stirn und bat mich, Platz zu nehmen.

»Nicht nur vom Fachlichen und Geschäftlichen her war deine Arbeit gut, auch menschlich hast du dich tadellos verhalten.

Dass wir uns in der neuen Kraft, die du begleiten, einarbeiten und beurteilen solltest, so getäuscht haben, bedauere ich. Ihren Zeugnissen und Empfehlungen nach zu urteilen, wäre sie genau die Richtige für diese Position gewesen. Eine sehr gute Fachkraft, hübsch, nette Umgangsformen, spricht – genau wie du – vier Fremdsprachen perfekt ... Und dann diese menschliche Entgleisung! Bei aller Achtung vor ihrem Können, so etwas kann ich in meiner Reederei in leitender Position nicht dulden!« Er machte eine kurze Pause und sprach dann weiter: »Das Problem ist, jetzt habe ich keine geeignete Fachkraft, und es ist schwer, eine zu finden. Meine Bitte an dich ist nun, ob du einspringen könntest, bis wir jemanden gefunden haben. Du besitzt das nötige Wissen, bist wie geschaffen für diese Position. Möchtest du darüber nachdenken?«

»Da gibt es nichts zu überlegen. Natürlich werde ich für dich da sein, und diesen Posten übernehmen.«

Ein glückliches Lächeln ging über Franks Gesicht. »Wunderbar! Ich danke dir. Lass uns heute Mittag zusammen essen gehen. Wir werden nämlich als nächstes nach Dubai fliegen und ich kann dir dann erklären, worum es in Dubai geht. Es wird eine schwierige, aber interessante Aufgabe!«

***

Wir gingen ins »Sea-Restaurant Miller«, eines meiner Lieblingsrestaurants. Es gab einen Jacobs-Muschel-Salat, gegrillte Seezunge und zum Dessert Mousse au Chocolat.

Was mir gefiel, war die Art und Weise, wie mich Frank über meine Aufgaben aufklärte, kurz, zügig, bestimmt. Man merkte sofort, dass er volles Vertrauen zu mir und meinen Fähigkeiten besaß. Die Aufgabe, die ich nun bekommen hatte, war bestimmt nicht riesengroß, aber leicht war sie auch nicht, zumal ich eine Frau war. In diesen Ländern dominierten die Männer.

Frauen waren dort entweder dienstbare Geister, schmückendes Beiwerk, Haremsdamen oder Mütter – möglichst von Söhnen.

Gleichberechtigte Geschäftspartner sicher nicht!

»Dubai ist auf dem Weg in die Pleite«, bemerkte Frank nach dem Essen sarkastisch. »Die Ölvorräte sind endlich, der Tourismus wird eines Tages die Haupteinnahmequelle sein. Und genau da will ich mich mit meiner Schiffsflotte positionieren. Es könnte ein riesiges Geschäft werden. Ich werde in Dubai ein Geschäftshaus und ein kleines Hotel bauen, außerdem schwebt mir vor, eine Filiale meiner Reederei zu gründen. Wenn alles gut geht, werde ich den Scheich Mohammed al Walis mit ins Boot nehmen und mit ihm eine der größten Reedereien in Arabien auf die Beine stellen. Lose Vorgespräche sind bereits geführt.«

»Du musst dir aber verdammt sicher gewesen sein, dass ich tatsächlich zur Verfügung stehe«, bemerkte ich.

»Das war ich mir auch. Ich kenne dich viel besser, als du denkst, und mir war sofort klar, dass dir dieser Job wie auf den Leib geschrieben ist. Der Zeitplan sieht wie folgt aus: Du hast jetzt zwei Tage Zeit, um alles zu verarbeiten und die Koffer zu packen. Am Donnerstagmorgen treffen wir uns um neun Uhr mit deinem Stab im Konferenzraum der Reederei. Dort werden wir alles besprechen. Am Montag fliegen wir nach Dubai. Wir wohnen im ›Armani Hotel‹ in der Suite. Ich werde nur zwei Tage da sein. Für dich habe ich für alle Fälle vierzehn Tage gebucht. Solltest du früher fertig sein, kannst du entscheiden, ob du noch bleibst oder nicht.«

Jemand kam durch die Stuhlreihen des Restaurants. Es war Burt, unser Chauffeur. Kurz verbeugte er sich.

Frank blickte mich fragend an: »Möchtest du jetzt nach Hause, meine Liebe?«

Ich nickte.

»Burt, ich brauche Sie im Augenblick nicht, würde lieber ein Stück zu Fuß gehen. Bitte holen Sie mich in drei Stunden vom Büro ab.«

Burt nickte.

Frank drückte mich leicht an sich und strich mir über den Kopf. Dann verschwand er.

Mir kamen fast Tränen vor Rührung.

Burt hielt mir die Tür auf, geleitete mich zum Wagen. Als er die Wagentür aufriss, zogen sich seine Mundwinkel nach oben.

»Grins mich nicht so impertinent an«, beschimpfte ich ihn. »Ich habe schwierige Zeiten vor mir.« Jetzt fing ich tatsächlich an zu heulen.

»Entschuldigen Sie«, sagte er und sah mich fassungslos an.

»Schon gut, fahren Sie endlich los, ich möchte nach Hause!« Ich saß hinten im Wagen, zusammengekauert, hilflos, wusste nicht, wie mir geschah.

Mit todernster Miene machte Burt die Tür auf, erst da bemerkte ich, dass wir schon zu Hause waren.

Ich stieg aus und befahl ihm: »Kommen Sie mit!«

Er schlich mir fast untertänig nach, öffnete meine Zimmertür und sah mich ratlos an.

»Komm rein«, herrschte ich ihn an. »Morgen beginnt für mich ein anderes Leben, fick mich noch ein letztes Mal, aber so hart und brutal wie möglich!«

Ich zog mich aus, Burt tat das Gleiche. Sein riesiger Pimmel stand mir entgegen. Burt war völlig ratlos, wusste nicht, wie ihm geschah, ich aber auch nicht – ich stand völlig neben mir. Mit böser Miene ließ ich mich auf die Knie fallen und schrie: »Knall ihn rein! Fick mich, bis ich umfalle, aber feste!«

Verzweifelt machte sich Burt über mich her, rammte mir

sein Ding von hinten in meine zuckende Möse, dass es richtig wehtat.

»Mach weiter so«, wimmerte ich. »Du musst mir heute die Vögelei abgewöhnen. Rammel zu, so fest du kannst, und hör ja nicht auf.«

Burt stieß zu. Ich jammerte vor mich hin. Ein Orgasmus ließ mich den Schmerz kurz vergessen, dann stieß er wieder zu und es brannte von neuem. Das ging immer hin und her. Ein weiterer Höhepunkt ließ meine wunde Fotze erzittern, dann fiel ich um.

Burt lag völlig erschöpft neben mir. Sein stolzer, großer Penis hing kraftlos und lustlos an ihm herunter. Er stand auf, schlich ins Bad, ließ warmes Wasser ein, goss Rosenöl dazu, holte mich und hob mich vorsichtig in die Wanne. Ich atmete aus, lächelte ihn dankbar an. Er ging unter die Dusche. Als er zurückkam, fragte er, ob ich eine gute Salbe besäße, sein bester Freund sei ganz wund.

»Natürlich habe ich eine da und sogar eine richtig gute. Morgen Abend kannst du deinen Freund wieder in schöne Muschis stecken. Übrigens, ich brauche auch ein bisschen Salbe. Ich bin wund wie ein Baby, das nicht rechtzeitig gewindelt wurde. Schau mal in den Spiegelschrank im Bad.«

Er brachte die Tube.

»Leg dich im Bad auf die Massagebank, ich komme gleich«, sagte ich und stieg aus der Wanne. Ich drückte Creme aus der Tube, nahm vorsichtig seinen schlaffen Schwanz in die Hand und massierte ihm Salbe ein. Er stöhnte. Trotzdem wurde sein Schwanz schon wieder etwas größer.

»Bloß das nicht«, jammerte er, »das tut schrecklich weh.«

»Jetzt steh auf. Ich bin dran«, flüsterte ich und legte mich auf die Bank. Meine Schenkel öffneten sich leicht.

Burt drückte auf die Tube. Ganz leicht und zärtlich, wie ich es nie von ihm erwartet hätte, salbte er meine Muschi ein. Es tat fast nicht weh, im Gegenteil. Ich hatte schon Angst, es ginge wieder los mit mir.

Als er mit dem Eincremen fertig war, beugte er sich über mich und küsste mich ganz zärtlich auf den Mund, dann auf den Hals. Ich fühlte mich wie ein verliebtes junges Ding und erwiderte seine Küsse.

»Komm, bleib hier, schlaf bei mir. Es ist so schön in deinen starken Armen«, hauchte ich.

»Leg dich auf den Bauch.« Er zog mir das Nachthemd aus, küsste mich zart vom Hals bis in die Kniekehlen. Dann rieb er mich mit duftendem Massageöl ein und massierte mich, dass ich vor Wonne leise stöhnte, bevor ich wegdämmerte. Er legte sich zu mir, küsste noch einmal ganz zart meine Lippen. Schließlich schliefen wir ein.

4. SEXSUCHT

So ging es nun wirklich nicht weiter! Für die neue Aufgabe brauchte ich einen freien Kopf, da hatte das wilde Sexleben keinen Platz.

Susan konnte mir nicht helfen, sie sagte lediglich: »Meine liebe Anna, wie soll ich dir helfen, vom Sex wegzukommen? Ich bin scharf auf dich, vögle genauso gern wie du, liebe deine Muschi über alles, kann mir kaum vorstellen, ohne dich und deine Muschi, deinen Po und deine Möpse auszukommen. Nein, ich kann nicht. Was du brauchst, ist ein Priester, dem du dich offenbaren kannst, oder ein Psychiater, der dich von deiner schönsten Seite befreien kann. Aber überleg es dir gut:

Das wird ein armseliges Leben! Ich bin überzeugt davon, dass ich eine gute Pastorin bin, dass ich eine gute Christin bin, dass ich beliebt und geachtet bin in meiner Gemeinde. Was aber hat das damit zu tun, dass ich dich gleich vernaschen werde, dass ich das immer wieder tun werde, dass ich hier und da mal richtig durchgevögelt werden muss, ohne deswegen gleich zu heiraten? Ich bin wie ich bin und ich werde mich kaum ändern können. So, wie du es auch nicht kannst.« Während sie das sagte, zog sie mir meinen Slip aus, spreizte vorsichtig meine Beine und drang mit zwei Fingern in mich ein, während sie mich zärtlich küsste.

Wir zogen uns aus, legten uns ins Bett und verwöhnten uns. Nach einer Weile wechselten wir die Stellung, vergruben unsere Gesichter gegenseitig in der Muschi der anderen und schmatzen um die Wette.

»Oh, wie ist das schön«, stöhnte ich.

»Und das willst du alles aufgeben?«, flüsterte Susan. Sie knetete meine Pobacken, nahm den Kitzler noch einmal zwischen ihre vollen Lippen. Ich zitterte vor Wonne.

»Schluss jetzt«, sagte Susan mit Nachdruck.

Verwundert sah ich sie an.

»Gleich kommt Besuch. Ich gebe dir eine Anschrift von einem Priester. Geh beichten, vielleicht hilft es dir.«

***

Ich war auf dem Weg zu meinem Termin. Gegen zehn Uhr sollte ich da sein. Meine Gefühle schlugen Purzelbäume. Was wollte ich eigentlich da? Was sollte ich sagen? Etwa beichten? Ich wusste gar nicht, wie das geht. Egal, Priester waren keine Menschenfresser, er würde mir schon erklären, wie es ging.

Ich betrat also die Kirche und sah mich um. Leider konnte ich aber keinen Beichtstuhl entdecken. Ich war ja auch noch nie in einer katholischen Kirche gewesen. Da kam ein netter Herr, wohl Anfang fünfzig, auf mich zu, und fragte, ob ich die Dame sei, die zur Beichte angemeldet war. Ich wollte das bejahen, sagte aber: »Ob ich wirklich beichten möchte und ob ich etwas zu beichten habe, weiß ich nicht genau.«

»Na«, sagte Hochwürden, »dann wollen wir das gemeinsam herausfinden, kommen Sie mal mit.«

Er führte mich zu einem kleinen Nebengebäude, nachdem er einen jungen Priester gebeten hatte, in der Kirche zu bleiben, um beichtwillige Leute zu empfangen. Wir kamen in ein Arbeitszimmer, ausgestattet mit einem Schreibtisch, drei Ledersesseln, einem Tisch und mehreren Schränken.

»Bitte, nimm Platz, meine Tochter«, sagte Hochwürden.

Ich setzte mich und er auch – direkt neben mich – und lächelte gütig, wie ein Vater.

»Was möchtest du denn tun, meine Tochter?«, fragte er.

»Das ist nicht ganz einfach ... Ich glaube, ich muss ziemlich weit vorn beginnen, falls Sie so viel Zeit haben.«

»Wenn ein Menschenkind Hilfe braucht, habe ich alle Zeit der Welt. Dann erzähl mal.« Er machte eine Flasche Mineralwasser auf und schenkte zwei Gläser ein.

Ich schilderte zunächst meinen Werdegang in der Reederei, das Verschwinden der Reedersfrau und unsere darauffolgende Hochzeit. Dann machte ich ihm klar, dass wir gar keine richtige Ehe führten, sondern nur eine Scheinehe. Dass ich dafür fürstlich entlohnt würde, bis an mein Lebensende ausgesorgt hätte. Dass ich nach außen die brave Ehefrau zu spielen hätte, ansonsten aber alle Freiheiten genießen dürfte. Dass ich ein eigenes Landhaus am See bewohnte, in dem ich machen konnte, was ich wollte, dass ich von Fall zu Fall für Frank und seine Reederei arbeiten würde, wenn Not am Mann war.

Dass ich jetzt nach Dubai fliegen würde, um eine ganz große Transaktion mit einem Scheich vorzubereiten, dass ich, im Erfolgsfalle als reiche Frau hervorgehen würde, obwohl ich das eigentlich schon bin. Ich redete und redete, ohne auf den eigentlichen Kern meines Anliegens zu kommen. Mir fehlte einfach der Mut dazu. Ich kam mir vor, wie ein kleiner Teenager, der nicht mehr weiter wusste. Also schwieg ich jetzt einfach.

»Na gut«, meinte Hochwürden. »Das klingt zwar nicht ganz alltäglich, aber wo liegt das Problem?«

»Ich betrüge meinen Mann.«

»Nun mal langsam. Was du da treibst, ist sicher nicht das, was man sich unter einer christlichen Ehe vorstellt. Was bedeutet für dich denn die Scheinehe?«

Unsicher erwiderte ich: »Dass die Ehe in keinster Weise vollzogen wurde und dass mein Mann mir sämtliche Freiheiten eingeräumt hat, unter der Bedingung, dass nichts nach außen dringt und dass der Schein einer normalen Ehe gewahrt bleibt.«

»Als Priester will und kann ich das nicht gutheißen! Ich will dir jetzt keinen Vorwurf machen, aber ein christliches, unserem Herrn wohlgefälliges Leben führst du nun wirklich nicht! Ob du deinen Ehemann hintergehst, weiß ich nicht. Falls es aber so ist, geschieht es doch im gegenseitigen Eiverständnis, oder? Was also hat dich zu mir geführt?« Er schenkte unsere Gläser nach.

Ich wurde immer unsicherer. »Hochwürden, mir fehlt der Mut, mein Problem zu beichten, ich schäme mich so vor Ihnen. Ich glaube jetzt eher, ich sollte zu einem Psychiater gehen, ich bin nämlich krank.«

»Ein guter Priester ist auch ein Psychiater. Du brauchst dich vor mir nicht zu schämen, erzähl einfach alles, was dir auf der Seele lastet. Es bleibt unter uns, ich bin zur Verschwiegenheit verpflichtet und werde versuchen, dir zu helfen.«

»Also schön. Ich verlor meine Unschuld schon sehr früh. Es passierte im Wald, gemeinsam mit meiner Schulfreundin. Wir verführten einen Schulfreund. Als er seine Schuldigkeit getan hatte, kam ein junger Jäger vorbei, er hatte uns wohl bei unserem Tun beobachtet. Er jagte unseren Freund davon, der wohl froh war, dass er erlöst wurde, und machte sich über uns her. Erst nahm er mich, anschließend meine Freundin. Als er mit ihr fertig war, wollte er gehen. Ich hielt ihn aber auf, legte mich ins Moos und zog ihn wieder auf mich. Für mich war es eine Wonne, was er mit mir machte. Ich nahm mir vor, so etwas ab dann öfter zu tun. Und seitdem kann ich nicht ohne Sex leben, am liebsten jeden Tag. Es ist eine Sucht, von der ich nicht loskomme.

Wenn ich zum Beispiel an unseren Chauffeur und unseren Gärtner denke, zwei junge feurige Liebhaber, werde ich ganz unruhig. Mit den beiden treibe ich es jede Woche, teils alle beide zusammen oder mit jedem einzeln. Mein Mann weiß das und er hat nichts dagegen. Ich treibe es aber auch mit Frauen, sogar mit einer jungen, strammen Pastorin. Die ist nicht verheiratet und macht es auch mit Männern und mit Frauen. Gestern war ich bei ihr und bat sie, mit mir zu beten, den lieben Gott zu bitten, dass er mich von meiner Sexsucht befreit. Sie empfahl mir einen Priester oder einen Psychiater, dann zog sie mich aus und vernaschte mich über eine Stunde lang. Es war herrlich, ich konnte kaum genug kriegen. Einen Tag davor trieben es der Chauffeur und der Gärtner mit mir. Sie stießen von vorn und von hinten in mich hinein, es war Himmel und Hölle zu gleich.« Ich redete mich immer mehr in Rage. Meine Muschi schäumte vor Erregung und ich merkte ganz zufällig, dass der Priester seine Hose aufgemacht hatte, leise stöhnte und seinen Penis in der Hand hatte. Er lächelte diesmal nicht gütig, eher verklärt.

Ich zog meinen Slip hurtig aus, setzte mich auf ihn und führte seinen Penis in mich ein, bewegte mich rauf und runter, und nach wenigen Stößen kamen wir beide. Ich stand auf, legte mich auf den weichen Perser, spreizte meine Schenkel und zog ihn auf mich.

»Du bist die Sünde«, jammerte er. »Du bist die erste Frau nach fast dreißig Jahren – der Herr möge dir vergeben.«

Er vögelte wie ein Wahnsinniger in mir herum. Ein Höhepunkt jagte den anderen, bis er nicht mehr konnte.

Während er auf mir lag, überlegte ich, wie ich ihn wieder scharf machen konnte, denn ich hatte noch nicht genug. Da ging die Tür auf, der junge Priester kam herein und sah die Bescherung. Er stand da wie von Donner gerührt, leichenblass, gab keinen Ton von sich. Hochwürden verschlug es ebenfalls die Sprache. Die Situation war eindeutig.

»Nun schau nicht so erschrocken, es ist ja nichts passiert. Jeder Mensch begeht mal eine Sünde, wir werden nachher alle beichten.«

Mit diesen Worten knöpfte ich von dem jungen Priester erst die Soutane, dann seine Hose auf und sagte: »Komm, fick mich, ich bin wild nach dir.«

Ein leicht gebogener, sehr strammer Penis kam zum Vorschein. Ich streichelte ihn vorsichtig, was ein leises Stöhnen seines Besitzers hervorrief. Ich glaubte, er wurde in diesem Augenblick noch ein bisschen größer.

»Leg dich auf den Rücken«, sagte ich mit Nachdruck.

Er tat es und schon saß ich auf ihm und hatte seinen schönen Schwanz in mir. Langsam fing ich an, auf ihm zu reiten. Er zitterte und Hochwürden schaute kopfschüttelnd zu, bevor er verschwand.

Nach etwa einer halben Stunde hatte ich alles, was möglich

war, aus ihm herausgevögelt und konnte nicht mehr. Auch sein stolzer Penis war zum kleinen Schwänzchen zusammengeschrumpft. Er zog sich an und schlich von dannen.

Ich saß allein auf dem »hochwürdigen« Perser-Teppich, mir war ganz elend. Was hatte ich nur angestellt ... Ich war gekommen, um mich mit des Priesters Hilfe von meiner Sexsucht zu befreien, stattdessen hatte es mich wieder überkommen und ich brachte zwei geistliche Herren in Gewissenskonflikte! Und das alles nur wegen meiner Unersättlichkeit. Ich war wohl wirklich nicht zu retten!

Wenn ich von Dubai zurückkam, würde ich einen Frauenarzt konsultieren. Wenn der mir nicht helfen konnte, einen Psychiater aufsuchen, und wenn der auch nichts bewirkte, dann würde ich mich mit meinem Zustand abfinden und munter weiter die Menschheit mit meiner Muschi, meinen Händen, meiner Zunge und dem schönsten Frauenarsch der Welt beglücken. Ist ja eigentlich auch nicht das Schlechteste.

Susan würde jubeln und sagen, es sei das Beste für mich.

Die Tür ging auf, Hochwürden in vollem Ornat betrat den Raum und bat mich, mich anzuziehen. »Nimm deine Sachen. Durch die zweite Tür links ist ein Bad. Versetz dich in einen menschenwürdigen Zustand und komm dann in die Sakristei. Ich erwarte dich dort.« Und weg war er.

***

Nach einer halben Stunde war ich fertig. Frisch geduscht, dezent geschminkt, ein Hauch von Parfüm und die Haare gebändigt. So betrat ich die Sakristei, wo Hochwürden auf mich wartete, dabei war der junge Priester – wie ein Häufchen Elend.

»Meine Tochter«, sagte Hochwürden, »du hast meinen jungen Bruder und auch mich in große Konflikte gestürzt. Natürlich warst du es nicht allein. Wir, an erster Stelle ich, haben uns schuldig gemacht, sind der Versuchung erlegen. Ich weiß nun, dass du eine Nymphomanin bist, dass dein Zustand krankhaft ist und dass du meine Hilfe und damit Gottes Hilfe gesucht hast. Der Herr hat mir aber nicht die Kraft geschenkt, Nein zu deiner Verführung zu sagen. Er hat mich schwach werden lassen und meinen jungen Bruder auch. Wir haben zusammen gebetet, den Herrn um Vergebung gebeten und ihn beschworen, dich von deiner Sucht zu befreien. Wir hoffen, dass er uns erhören wird. Vergiss, was heute Nachmittag hier geschehen ist, behalte es für dich. Sprich mit niemandem darüber, du würdest uns nur schaden. Und nun gehe in Frieden.«

Ich verließ die beiden. Alles tat mir so leid. Auf der Straße vergoss ich ein paar Tränen. Zu Hause angekommen, zog ich mich um, rief Susan an und sagte ihr, dass ich mit Hochwürden gebetet hatte und hoffte, dass alles gut werden würde.

»Du klingst so traurig«, sagte Susan. »Ist etwas passiert, was ich wissen sollte? Warte ab, in einer Stunde bin ich bei dir.« Sie legte auf.

Jetzt hatte ich keine Wahl, ich musste sie empfangen. Auf keinen Fall würde ich ihr erzählen, was wirklich passiert war. Ich stellte eine Flasche Wein kalt. Wir werden uns kurz unterhalten, dann würde ich sie bitten, zu gehen.

***

Susan kam. Ohne lange Vorrede fragte sie: »Was ist passiert? Ich bin deine beste Freundin, vor mir musst du keine Geheimnisse haben!«

Ich schenkte uns Wein ein und erzählte ihr alles. Wie ich Hochwürden geritten hatte und mir auch noch den jungen Priester geschnappt hatte.

Susan zitterte, konnte sich nicht beherrschen. Sie kniete

sich vor meinen Sessel, schob meinen Rock hoch, zog meinen Schlüpfer aus und vergrub ihr Gesicht zwischen meinen Schenkeln. Meine Muschi lechzte nach ihr und überraschte sie mit einem riesigen Orgasmus. Dann wälzten wir uns auf dem Boden und vernaschten uns mit allem, was wir hatten.

Nach einiger Zeit lagen wir uns selig in den Armen und lächelten glücklich.

»Und du glaubst wirklich«, sagte Susan, »du kämst jemals im Leben von der Fickerei los? Vom Schönsten, was das Leben zu bieten hat? Gib auf, mach weiter wie bisher. Warum willst du freiwillig auf die Höhepunkte in unserem Leben verzichten?«

Für heute Abend gab ich mich geschlagen. Noch war nicht aller Tage Abend, dachte ich. Wenn ich Dubai in trockenen Tüchern hatte, würde ich es schaffen. Ich musste ja nicht ganz damit aufhören, es musste nur in Maßen passieren.

Susan schlief bei mir. Wir kuschelten und küssten uns heiß und innig, und schliefen dann tief und fest bis zum frühen Morgen.

Als ich wach wurde, hatte Susan einige Finger in meiner Muschi. Mit sanfter Gewalt löste ich sie aus mir. Ich zauberte ihr mit meiner Zunge noch einen sanften Orgasmus, dann gingen wir gemeinsam duschen und frühstücken.

5. Abschiedsfick

Nach drei Tagen Beratung mit den Spitzenleuten der Reederei, die unter meiner Führung stehen sollten, konnte es losgehen. Mit von der Partie war Frank, der jedoch nur zur Begrüßung anwesend sein wollte, und zwei Tage später wieder abreiste. Dann Franks Sekretärin Jane Adams als Protokollführerin, aus der Chefetage kamen noch Oliver Simpson, Jack Clarks und Harry Taylor dazu und vom Architektenbüro Daniel White und George Lennon.

Am Freitagabend war die dreitägige Sitzung beendet.

»Meine Damen und Herren«, sagte Frank, »ich danke Ihnen für Ihre Aufmerksamkeit. Sie wissen jetzt, was uns bevorsteht. Es wird unter der Leitung meiner Frau schwierige Verhandlungen geben. Jeder von Ihnen kennt jetzt seine Aufgabe und ich erwarte von Ihnen, dass Sie Ihr Bestes geben. Wir fliegen am Montag früh, wie Sie wissen. Bitte finden Sie sich pünktlich am Flughafen ein. Ich wünsche Ihnen viel Erfolg bei den Verhandlungen in Dubai!«

***

Zu Hause angekommen, klingelte das Telefon. Susan war dran. Sie wollte mich noch einmal sehen, bevor ich nach Dubai verschwand. Passte mir eigentlich nicht so recht, aber ich konnte meiner besten Freundin nicht den Stuhl vor die Tür setzen. Also verabredete ich mich mit ihr für morgen Vormittag. Susan freute sich sehr darüber.

Kaum hatte ich aufgelegt, klingelte wieder das Telefon. Nadja, meine kleine Medizinstudentin, war dran. Ich hatte einige Zeit nichts von ihr gehört.

»Wie schön, dass du mal anrufst. Ich hoffe, es geht dir gut«, rief ich freudig.

»Nein, es geht mir überhaupt nicht gut. Es geht mir hundsmiserabel schlecht«, sagte sie mit tränenerstickter Stimme. »Wir haben seit vier Tagen Semesterferien. Mein Freund, mit dem ich mich in den Ferien verloben wollte, ist mit einer anderen durchgebrannt. Der Schuft hat mir das per E-Mail mitgeteilt und mir geschrieben, dass er nicht zu mir zurückkehrt. Ich weiß nicht einmal, wo er ist. Bitte hilf mir.«

»Meine liebe Nadja, wie soll ich dir denn helfen? Da musst du durch. Wahrscheinlich kommt er schon bald reumütig zurück. Du musst nur Geduld haben.«

»Das ist ein verdammter Schuft, der kommt nie und nimmer zurück. Inzwischen weiß ich, dass er die Frauen wie die Hemden wechselt. Auf seiner Station, auf der er im Krankenhaus arbeitet, gibt es kaum ein weibliches Wesen, das nicht mit ihm geschlafen hat. Der macht selbst vor Patientinnen nicht halt. Er soll kürzlich eine ältere Millionärin gevögelt haben, weil sie ihm eine eigene Arztpraxis versprochen hat. Er sucht bereits nach geeigneten Räumlichkeiten und will im Krankenhaus kündigen. Anna, ich kann nicht mehr, darf ich heute Nacht bei dir schlafen?«

»Ich fliege am Montag nach Dubai. Morgen früh muss ich zu meiner Freundin Susan, der Pastorin. Es bleibt mir wirklich kaum Zeit für dich. Aber wenn ich von Dubai zurückkehre, kannst du zu mir kommen und in deinem alten Zimmer wohnen – so lange du willst.«

Es blieb eine Weile still am anderen Ende der Leitung. Dann hörte ich ein jämmerliches Schluchzen. Mir wurde ganz elend.

»Na, schön«, seufzte ich. »Dann nimm dir eine Taxe und komm rüber. Du schläfst heute bei mir!«

***

Nach etwa einer Stunde stand sie vor der Tür. Ein Häufchen Elend, blass, ungeschminkt. Sie sank in meine Arme. Ich zog ihr den Mantel aus und schleppte sie zu einem Sessel.

»Nun hör mir mal zu, mein Schatz, so kann das mit dir nicht weitergehen. Jetzt gehst du erst einmal unter die Dusche, dann föhnst du deine Haare und schminkst dich. In der Zwischenzeit lasse ich dir etwas zu essen machen und dann sehen wir weiter.«

Als Sie aus dem Bad kam, sah alles schon besser aus. Sie hatte sich »aufgemöbelt« und trug den schicken Bademantel von mir, der etwas aufging. Ihre hübschen Möpse lugten frech hervor. Sie aß sich satt, trank Tee dazu, dann machte ich eine Flasche Wein auf.

»Wie lange hast du Semesterferien?«, fragte ich sie.

»Sechs Wochen.«

»Gut, dann kommst du morgen Vormittag mit zu Susan. Danach fahren wir zum Flughafen und versuchen, ein Ticket nach Dubai für dich zu bekommen. Ich werde dir ein Zimmer in meinem Hotel buchen, dann kannst du dort zwei Wochen Urlaub machen. Allerdings werde ich nicht viel Zeit für dich haben, denn ich bin geschäftlich für die Reederei dort.«

Nadja schaute mich entgeistert an. Dann heulte sie wie ein Schlosshund. Ich brachte sie in mein Bett, streichelte sie und gab ihr einen Kuss auf die Stirn.

***

Als ich am Morgen wach wurde, rief ich Susan an und sagte ihr, dass ich ein hilfloses, liebes Mädchen mitbrächte, und dass sie mit ihr beten sollte, dass ihr Liebster zurückkommt.

»Da mach dir mal keine Sorgen, der werde ich schon helfen. Liebeskummer ist heilbar, du musst nur an der richtigen Stelle beginnen. Kenne ich sie?«

»Ja, es ist meine kleine ehemalige Mieterin Nadja, die Medizinstudentin.«

»Oh je, na, das dürfte doch kein großes Problem sein. Die nehmen wir uns zusammen vor. Wenn wir das erledigt haben, wird sie nie wieder einen Mann wollen. Dann macht euch mal auf die Socken, ich werde alles vorbereiten.«

Als ich ins Schlafzimmer zurückkam, war Nadja nicht mehr im Bett. Ich hörte aber die Dusche rauschen. Sogleich bestellte ich das Frühstück für uns beide.

Nadja konnte es noch immer nicht fassen, dass sie übermorgen mit nach Dubai düsen sollte.

»Heute Nachmittag werden wir noch einige Sachen für dich einkaufen, damit du hübsch aussiehst. Wäre doch gelacht, wenn ein so schönes Mädchen wie du sich keinen Scheich unter den Nagel reißen würde ...«

Nadja strahlte, küsste mich auf die Wange und streichelte mir über den Rücken. Mir wurde ganz komisch.

***

Susan erwartete uns schon ungeduldig. »Na, meine Kleine, Liebeskummer wegen so einem blöden Kerl? Männer sind Schweine! Mach dir nichts draus, vergiss ihn. Komm, setz dich zu mir.« Sie zog Nadja zu sich, nahm sie in den Arm und küsste sie ganz zart auf den Mund.

Nadja sträubte sich erst etwas, als sie aber Susans Finger in ihrem Höschen spürte, war es vorbei mit ihrer Beherrschung. Ihre Schenkel gingen langsam auseinander, ihre Muschi streckte sich Susan entgegen. Diese drang mit der Hand in sie ein, massierte ganz zart ihren Kitzler, bevor sie ihren Kopf zwischen ihre Schenkel legte und ihre Zunge in ihr vergrub.

Jetzt konnte ich nicht länger zusehen. Ich schob Susans Rock in die Höhe, zog ihr den Slip aus und wühlte mit Zunge und Nase in ihrer Möse herum. Susan schrie vor Wonne, in kurzer Zeit hatte sie, genau wie Nadja, einen riesigen Höhepunkt.

Wir lösten uns voneinander, küssten, streichelten und leckten uns gegenseitig. Unsere Körper zuckten, ein Orgasmus folgte dem anderen. Oh, was für eine Wonne!

Susan löste sich aus unserem Knäuel, ging ins Bad, um eiskalt zu duschen. Sie hatte gleich einen wichtigen Termin und musste sich »herunterkühlen.«

Nadja und ich vereinigten uns in der 69er Stellung. Ihren

36

Kerl hatte sie wohl im Augenblick vergessen. Sie stöhnte und heulte vor Lust, wühlte in meiner Muschi herum, dass mir Hören und Sehen verging.

***

Als Susan von ihrem Termin zurückkam, lagen wir verzückt ineinander, konnten kaum noch Piep sagen.

»Na, ihr geilen Weiber, alles in Ordnung? Jetzt macht euch mal frisch und zieht euch an. Ich muss euch nämlich jetzt hinauswerfen, weil meine Predigt für morgen auf Fertigstellung wartet. Und der Organist kommt auch noch zur Probe. Los, raus mit euch!«

Wir gingen ins Bad und machten uns zurecht. Dann verabschiedeten wir uns von Susan, die uns um unsere Reise beneidete.

Jetzt begann unsere Einkaufstour. Ich kaufte Nadja einige Bikinis, heiße Wäsche für alle Fälle, ein Abendkleid, falls es in Dubai Bedarf dafür gab, danach fuhren wir zum Flughafen. Ein Ticket für Montag war nicht mehr zu bekommen. Entweder für Dienstag oder für morgen Nachmittag.

Ich schaute Nadja an, die zweifelte.

»Wie soll ich das in der kurzen Zeit schaffen?«, jammerte sie.

»Keine Angst, ich helfe dir dabei. Wir buchen jetzt den Flug, der morgen geht, fahren zu mir und buchen das Hotel. Dann fahre ich dich nach Hause, wir packen deine Koffer, später fahren wir zu mir, denn ich muss auch noch packen.«

Ziemlich spät am Abend war alles geschafft. Wir gingen schlafen, ausnahmsweise ohne Sex, denn wir waren einfach zu erledigt.

Am nächsten Tag, gegen Mittag, brachte ich Nadja zum Flughafen. Ein inniger Kuss musste genügen. Flugzeuge warteten nicht auf verliebte Lesben. Ich brachte sie zum Einchecken, dann fuhr ich schnell nach Hause, um mich in aller Ruhe auf den morgigen Tag vorzubereiten.

***

Ich konnte und konnte nicht einschlafen, was sonst gar nicht meine Art war. Machten mich die bevorstehenden Verhandlungen unruhig? Was war nur los mit mir?

Wie von selbst landete mein rechter Mittelfinger in meiner Muschi, rührte in ihr herum. Langsam bewegte sich mein Po im Kreis, meine Muschi wollte aber mehr. Ich griff zum Telefon, rief Burt an, der meldete sich aber nicht. Auch Dave, der Gärtner, war nicht erreichbar. Was nun? Meine Muschi wurde langsam zur feuchten Oase, verlangte dringend einen Kerl.

In meiner höchsten Not ging ich in die Küche, schaute in der Speisekammer nach, ob noch Bockwürste da waren. Ja, es waren welche da, ich brauchte aber nur eine. So eine stramme, feste Bockwurst kam einem Kerl immer noch am nächsten. Ich nahm zwei aus dem Glas – eine konnte ich ja vielleicht essen. Ich machte sie warm. Inzwischen war ich so scharf, dass ich nicht erst nach oben ging, sondern es gleich in der Küche erledigte. Es war ja niemand mehr da und ich war allein. Meinen Slip hatte ich oben schon ausgezogen, und so steckte ich die Bockwurst genüsslich in mich rein und bewegte sie hin und her. Oh, das tat gut!

Es reichte aber nicht, um mich zu befriedigen. Als ich vergeblich versuchte, die zweite Bockwurst auch noch einzuführen, ging die Küchentür auf. Dave kam herein, sah die Bescherung, grunzte wie ein Schwein und machte sich über mich her. Was für eine Wohltat! Er fuhr sein langes, schmales Rohr in mich rein und vögelte munter drauf los. Es kam uns beiden recht schnell. Aber jetzt war ich erst richtig auf Touren.

»Komm mit rauf«, stieß ich hervor.

38

Oben angekommen nahm ich sein Ding in beide Hände, liebkoste und massierte es. Er legte sich auf den Rücken. Ich setzte mich auf ihn und murmelte: »Jetzt reiten wir nach Dubai.«

Als wir mit einem heftigen Orgasmus dort ankamen, klopfte es an der Tür.

»Wer ist da?«, fragte ich.

»Burt. Der Chef hat mich nach Hause geschickt, er schläft im Büro. Ich soll ihn morgen früh dort abholen.«

»Komm herein«, rief ich. »Du wirst gebraucht.«

Er grinste unverschämt, als er mich auf Dave sitzen sah.

»Wie hätten Sie es denn gern?«, fragte er, während er sich schnell auszog.

Als ich seinen mächtigen Schwanz sah, bekam ich Lust auf mehr. Ich blieb auf Dave sitzen, bewegte mich behutsam weiter auf ihm und befahl Burt, sich vor mich zu stellen. Ich nahm sein Prachtstück in den Mund und blies ihm einen, dass ihm fast die Sinne schwanden. Er zitterte vor Lust und wieherte wie ein Hengst. Ich hatte einen weiteren Höhepunkt. Aus Burts Prachtstück kam ein Sturzbach, während Dave seinen langen Schwanz aus meiner Möse zog und ein Loch weiter wieder einführte. Er hatte mich auf die Seite gedreht, besorgte es mir nun von hinten.

Burt, dessen Schwanz nicht einen Zentimeter kleiner geworden war, drang von der anderen Seite in mich ein und so vögelten wir in bekannter Manier weiter. Das war unsere liebste Stellung, wenn wir es zu dritt trieben.

Nachdem wir alle sattgevögelt waren, machte Burt zum Abschied noch eine Flasche Sekt auf, die wir auf unseren Abschied tranken. Dann wankten beide aus meinem Zimmer.

»Bis morgen früh, my Lady«, säuselte Burt.

Jetzt konnte ich sofort einschlafen.

Geweckt wurde ich von Burts rauer Zunge, die sich in meine Muschi verirrt hatte. So wurde ich mit einem herrlichen Orgasmus wach, dem ein wunderbarer Morgenfick folgte.

»Eigentlich sollte ich dich mit nach Dubai nehmen, und Dave auch«, murmelte ich entzückt.

Ich ging ins Bad, duschte mich erst heiß, dann eiskalt.

Nach einer Stunde war ich bereit für die große Reise.

6. VÖGELGEDANKEN

Ich machte es mir mit Frank im Flugzeug bequem. Die Stewardess servierte als Erstes ein kleines Sektfrühstück, war wohl gut für den Kreislauf. Ich war noch ziemlich geschafft. Erst der flotte Dreier bis nachts um zwölf, und als Morgengabe zwei satte Orgasmen, das haute ganz andere Leute um.

Und so kam es, dass ich eine Stunde später sanft entschlummerte und erst zum Lunch wieder wach wurde. Nach dem Essen besprach ich mit Frank noch einmal die wichtigsten Dinge. Zu einigen Punkten baten wir erst unser Reederei-Team, zu anderen Punkten später die Architekten nach oben.

***

Am Abend wurden wir vom Scheich persönlich vom Flughafen abgeholt und zum Hotel gebracht. Ein kleines Abendessen beschloss den langen, anstrengenden Tag.

Todmüde sanken wir ins Bett. Frank und ich schliefen wie gewohnt in getrennten Schlafräumen.

Er hatte eine gemeinsame Suite gemietet, die sehr groß und mit drei Schlafzimmern mit Luxusbädern ausgestattet war. Sie war wunderschön!

Die Mitarbeiter hatten im gleichen Hotel Komfort-Zimmer, in denen es sich vorzüglich wohnen ließ. Für Nadja hatte ich selbst ein Zimmer reserviert. Als ich Frank von ihrer Anwesenheit unterrichtete, schien er nicht besonders begeistert, nahm es aber zu Kenntnis. Er wollte aber auch nicht wissen, wieso sie mit hier war.

Ich rief Nadja noch kurz an, bevor ich ins Bett ging, bat sie um Verständnis dafür, dass ich heute keine Zeit für sie hätte. Sie hatte Verständnis und wünschte mir eine gute Nacht.

***

Um acht Uhr wurde ich aus tiefem Schlaf gerissen. Frank hatte das Frühstück für uns beide nach oben kommen lassen. Wir frühstückten ausgiebig, begrüßten anschließend unsere Mitarbeiter, die sich im komfortablen Sitzungszimmer zu letzten Instruktionen eingefunden hatten. Der Rest des Tages gehörte den Mitarbeitern. Wir verabredeten uns für den nächsten Morgen zu den Verhandlungen.

Ich brachte Frank zum Flughafen, wollte von dort Nadja anrufen, um mit ihr den Tag zu verbringen. Ich traute meinen Augen nicht, als Louisa Hockman, meine »Vorgängerin«, die Frank fristlos entlassen hatte, auf mich zukam.

»Hallo Anna«, rief sie mir freudig entgegen. »Nun erschrick nicht. Ich wollte dich schon gestern Abend ansprechen. Als ich erfuhr, dass dein Chef Dubai an diesem Tag verlässt, habe ich unser Treffen auf heute verschoben. Warum sollte ich den alten Herrn beunruhigen, habe ich gedacht.«

»Ich wüsste nicht, womit du meinen Mann und Chef beunruhigen solltest. Du bist nach sehr kurzer Zeit bedauerlicherweise ausgeschieden. Was soll das also?«

»Du hast recht. Aber jetzt bin ich bei eurem zukünftigen Partner, dem Scheich, in ähnlicher Position beschäftigt.«

Ich musste ein selten dämliches Gesicht gemacht haben, denn Louisa lachte lauthals los.

Vor lauter Überraschung und Hilflosigkeit lachte ich einfach mit. Dann wurde ich ernst und fragte: »Was soll das heißen?«

»Na, dass ich bei den morgen beginnenden Verhandlungen auf der anderen Seite sitze. Also nicht an deiner, wie ich es wollte.«

Ich war wie vor den Kopf gestoßen, brachte kaum ein Wort heraus. Als ich mich gesammelt hatte, schlug ich ihr vor, ein Stück zu fahren und irgendwo einen Kaffee zu trinken. Sie stimmte zu. Ich stieg zu ihr in den Wagen, einen Jaguar, den sie offenbar als Dienstwagen benutzte. Vor einem Strandcafé machte sie Halt.

Nachdem wir unsere Getränke bestellt hatten, sagte sie: »Nun entspann dich mal, es ist ja nichts Schlimmes passiert.«

»Wie kam es dazu?«, wollte ich wissen.

Sie zögerte kurz, doch dann antwortete sie: »Nach meiner Trennung von eurer Reederei wurde ich von einem Head-hunter angesprochen und der vermittelte mir die Stelle beim Scheich. Ich vertrete die Interessen des Scheichs, allerdings nur, sofern das überhaupt möglich sein wird. Denn ich habe nicht den Eindruck, dass er die Verhandlungsführung mir überlassen wird. Ich bin eine Frau, und man könnte ihm das als Schwäche auslegen. Das kann er sich nicht erlauben. Ich denke, dass ich also lediglich als Beraterin am Tisch sitzen werde. In den Verhandlungspausen wird er sich wohl bei mir Rat holen, denn er weiß, dass mir fachlich nicht das Wasser reichen kann. Das wird er niemals zugeben, und in der Öffent-lichkeit immer den souveränen Verhandlungspartner spielen. Bedenke bitte, es handelt sich hier nicht um eine feindliche Übernahme, sondern um eine Möglichkeit für den Scheich, mit eurer Hilfe ins lukrative Reedereigeschäft einzusteigen und das zunächst ohne eigene Schiffe. Ihr seid der stärkere Partner, ihr kommt mit drei Luxuslinern, ihr habt das Knowhow. Wir haben lediglich den Hafen, der auch nur für die Wintermonate interessant ist. Bis der Scheich mit eigenen Schiffen ebenbürtig sein kann, vergehen Jahre.

Was meinen Job beim Scheich angeht: Er wird mich nur bis zum Vertragsabschluss bei sich behalten. Da ich auf Erfolgsbasis bezahlt werde, ist mir daran gelegen, einen möglichst guten Vertrag auszuhandeln.«

»Ich verstehe.« Ich nickte langsam.

»Wie gesagt, es kann dir und deiner Reederei durch mich nichts Böses passieren, im Gegenteil.«

Wir tranken unseren Tee und redeten noch über uns und den Zufall des Treffens. Dann verabschiedete sich Louisa Hockman. So schnell, wie sie gekommen war, genauso schnell verschwand sie auch wieder.

Ich nahm mir ein Taxi und fuhr ins Hotel zurück, um über alles nachzudenken.

***

Ich holte mir einen Schluck Champagner aus der Zimmerbar, jetzt fehlte nur noch ein strammer Max. Aber woher sollte ich den nehmen? Meine kleine Muschi fing wieder an, feucht zu werden. Susan hatte wohl recht: Vom Sex würde ich nie loskommen.

Morgen begann die Verhandlung meines Lebens, davon hingen Millionen ab, und was war mit mir? Ich dachte ans Vögeln!

Ich machte den Kleiderschrank auf. Mitten in meiner sexy Wäsche hatte ich ein paar Fickhöschen, die mit dem künstlichen Penis, versteckt. Ich holte mir eins heraus, entledigte mich meines Slips, zog das Fickhöschen an und marschierte los.

Auf den Lift verzichtete ich. Elf Etagen stieg ich abwärts. Als ich in der prächtigen Hotelhalle ankam, musste ich mich heftig schütteln, setzte mich in einen Sessel und verdrehte die Augen. Ein besorgter Page eilte herbei und fragte, ob ich mich nicht wohlfühlte. Der wusste natürlich nicht, dass mich soeben ein heftiger Orgasmus durchgeschüttelt hatte.

»Danke, es geht mir gut«, antwortete ich freundlich lächelnd, nicht, ohne zu denken, dass dieses Bürschchen genau die richtige Fortsetzung gewesen wäre.

Ich bestellte mir ein Gläschen Champagner an der Hotelbar und rief Nadja an. »Hast du Lust, mit mir zu Abend zu essen?«, fragte ich sie.

»Gern, aber nur, wenn ich einen jungen Freund mitbringen darf. Den habe ich heute Morgen beim Frühstück aufgerissen. Vielleicht können wir ihn zusammen vernaschen. Er ist der Sohn reicher Eltern, die hier im Hotel wohnen. Er hat ein eigenes großes Zimmer. Wahrscheinlich ahnt er nicht einmal, was man in so einem Zimmer alles anstellen kann. Ich treffe mich in zehn Minuten mit ihm in der Hotelhalle. Komm doch einfach dorthin, dann stelle ich ihn dir vor. Ich werde ihm sagen, dass du uns zum Essen eingeladen hast.«

»Prima Idee! Dann bin ich in zehn Minuten da.« Ich eilte zum Lift, denn ich musste ja wohl mindestens mein seltsames Höschen wechseln.

Fickhöschen aus, Muschi gewaschen und frisch eingesprüht, Tanga an und ab in die Halle. Da standen die beiden schon. Nadja in einem aufregenden Minirock, neben ihr ein Bild von einem Kerl, blutjung, höchstens achtzehn, durchtrainierte Figur, schöne braune Augen, leicht gebogene Römernase, genau das Richtige zum Dessert. Als Nadja uns vorstellte und ich ihm in die schönen Augen sah, lief er rot an. Er lächelte ganz süß, war sehr schüchtern, wirkte unschuldig.

Wir gingen in eines der vier Restaurants. Der Kellner führte uns an einen Fensterplatz und brachte die Speisekarte. Stockend kam ein Gespräch zustande. Ich fragte ihn geschickt aus. Nadja grinste in sich hinein.

Er war mit seinen Eltern hier, sein Vater war Finanzmakler und geschäftlich in Dubai. Wahrscheinlich eine Woche oder länger. Er selber war Jurastudent im ersten Semester und hatte gerade Semesterferien. Er fuhr immer mit den Eltern mit, wenn er Ferien hatte.

Ich zwinkerte Nadja unauffällig zu. Sie nickte. Das hieß: »Den nehmen wir mit nach oben und vernaschen ihn.«

Und so geschah es.

Wir nahmen ihn in die Mitte und schleppten ihn zum Lift, nachdem wir festgestellt hatten, dass er das eine oder andere Glas Wein nicht unbedingt hätte trinken sollen.

Ich drückte den Knopf der elften Etage.

»Ist in der elften Etage auch noch eine Bar oder ein Restaurant?«, fragte Paul.

»Nein, die ›Moonlight Bar‹ ist ganz oben«, antwortete Nadja. »Wir wollen dir aber vorher noch etwas zeigen, was du wahrscheinlich noch nie gesehen hast.«

Paul grinste. Der Alkohol zeigte Wirkung. Paul war ganz schön in Form und drückte Nadja sogar einen sanften Kuss auf die Wange.

In meiner Suite angekommen, machten wir kurzen Prozess. Wir setzten Paul auf die Couch und sagten ihm, er sollte einen Augenblick warten. Ich holte ihm noch ein Gläschen Champagner, dann verschwanden wir Frauen im Bad und zogen uns aus, bis auf Tanga, BH und Schuhe.

Als wir beide ins Zimmer stöckelten, lief er wieder rot an, wie eine Tomate, wusste nicht so recht, wo er zuerst hingucken sollte und grinste verschämt.

Ich fragte ihn, ob ihm nicht zu warm wäre, während ich seine Jacke auszog und Nadja sein Hemd aufknöpfte. Er wusste wohl nicht, wie ihm geschah.

»Was macht ihr denn da mit mir?«, fragte er.

»Wir knöpfen dir jetzt die Hose auf und schauen einmal nach, was da drin verborgen ist«, flüsterte ich ihm ins Ohr und biss ihm ganz leicht ins Ohrläppchen.

Nadja streifte ihm die Schuhe von den Füßen und ich zog ihm die Hose und Unterhose aus. Da saß er nun in seiner Unschuld: Das Schwänzchen schüchtern halbsteif, die Hände auf dem Bauch, wahrscheinlich um seine Scham zu verdecken.

Ich übernahm seinen Penis, streichelte ihn zart und sah, wie er langsam immer größer wurde. Nadja küsste ihn auf den Mund, versuchte, ihre Zunge zwischen seine Zähne zu kriegen. Das gelang ihr aber nicht, denn er biss sie fest aufeinander. Da zog sie kurzentschlossen ihren Tanga aus, kniete sich über sein Gesicht, stülpte ihre Muschi über seinen Mund und seine Nase, bis er nach Luft schnappte.

»Steck mal deine Zunge da rein«, rief sie, was er dann, warum auch immer, tat.

Als ich seinen nunmehr steifen Schwanz sitzenderweise in mich einführte, schrie Nadja auf. Sie hatte ihren ersten Höhepunkt. Fast gleichzeitig ergoss sich Paul in meiner Möse, er stöhnte und schrie vor Wonne und Lust. Er schnappte nach Luft, war fix und fertig.

»Es war schön mit euch«, keuchte er, »aber jetzt möchte ich doch lieber gehen. Vielleicht sieht man sich mal wieder.«

»Was heißt hier vielleicht?«, sprudelte es aus Nadja. »Morgen

Abend sehen wir uns auf jeden Fall, und dann zeigen wir dir, was man sonst noch alles machen kann.«

Verängstigt zog sich Paul an, wünschte eine Gute Nacht und verschwand in Windeseile.

»Wieder eine männliche Jungfrau weniger«, seufzte Nadja.

»Und du verschwindest jetzt auch«, wies ich sie zurecht, »denn ich habe morgen einen harten Tag und brauche jetzt unbedingt Schlaf.«

Nadja bedankte sich für den wunderschönen Abend, küsste mich und verkrümelte sich.

7. HURENLOHN

Ich stand sehr früh auf. Heute begann ein wichtiger Teil in meinem Leben. Ich konnte Milliarden versenken oder zur Gründung eines Imperiums Wesentliches beitragen. Ich hatte trotz allem sehr gut geschlafen.

Nach einem erfrischenden Bad liebkoste ich meine Muschi am liebsten. Aber bevor sie jetzt wild wurde, packte ich sie lieber in ein seidenes Etwas ein.

»Nun bleib schön ruhig, du wirst jetzt nicht gebraucht. Deine Zeit kommt auch wieder«, flüsterte ich ihr zu, steckte trotzdem noch mal zwei Finger in sie hinein, bevor ich sie in meinem seidenen Slip verschwinden ließ. Mit aller Sorgfalt schminkte ich mich dezent und zog mich an. Nicht zu elegant, aber streng und fast zugeknöpft. Wir hatten es mit sittenstrengen Scheichs zu tun. Zwar waren deren Gesetze fürs Volk völlig überholt, was sie aber nicht daran hinderte, sich alles zu holen, was zu holen war. Wenn die ihren eigenen Gesetzen ausgeliefert wären, säßen fast alle im Knast oder wären ausgepeitscht oder gesteinigt worden. Geht mich aber nichts an, ich will keinen Sex von ihnen, sondern ein gutes Geschäft abschließen.

Nach dem Frühstück, bei dem mir Nadja Gesellschaft leistete, ging ich zum Konferenzraum, wo mich meine Mitarbeiter schon erwarteten. Fast im gleichen Augenblick erschien der Scheich mit Gefolge. Ein imposanter Mann, etwa sechzig, stellte mir seine beiden Söhne vor. Der eine, Khalid, war ein Bild von Mann, zwar ein arrogantes Lächeln im Gesicht, aber dafür wunderschöne, strahlende Augen. Er hatte einen festen Händedruck.

Muschi, bleib ruhig, dachte ich, *das ist nichts für uns.*

Sein Bruder Hassan war hager, hatte ein knochiges, böses Gesicht, stechende Augen und einen Händedruck wie ein Schraubstock, der mich fast aufschreien ließ.

Die restlichen fünf Personen, außer Louisa gab es keine weitere Frau, wurden ebenfalls vorgestellt.

Als Louisa als letzte an die Reihe kam, bemerkte der Scheich, dass wir uns bereits kannten. Das kam mir seltsam vor, war mir aber letztlich ganz recht. Besser, als wenn es während der Verhandlungen zu Tage gekommen wäre, das hätte sicher ein schlechtes Licht auf uns geworfen.

Nachdem auch meine Leute vorgestellt waren, begann unverzüglich unsere Arbeit. Der Scheich begrüßte uns freundlich, schlug dann vor, dass beide Seiten ausführlich die gegenseitig eingereichten Konzepte erläuterten. Ich begann, wobei mich von Fall zu Fall Mr Smith und Mr White unterstützten. Das Ganze dauerte gut drei Stunden. Danach gingen wir in einen anderen Raum, wo ein köstliches Mittagessen gereicht wurde.

Der Scheich schlug vor, die Konferenz morgen früh fortzusetzen. Dafür war ich dankbar, denn es war bereits spät und ich war erschöpft. Das war doch etwas anderes, als das Lotterleben, das ich seit geraumer Zeit führte.

Der Scheich wünschte uns einen angenehmen Abend. Die Söhne zogen mich mit ihren Blicken fast aus. Ich wurde sogar rot, das war mir schon lange nicht mehr passiert. Wartet ab, dachte ich, an mir werdet ihr euch die Zähne ausbeißen.

Jane Adams, Freds Sekretärin, hatte Protokoll geführt. Sie meldete sich abends bei mir, um den Bericht, den Frank täglich erwartete, mit mir durchzugehen und ihm zuzumailen.

Danach eilte ich in meine Suite, legte mich in ein lauwarmes Bad mit Lavendel, dann aufs Bett und schlief sofort ein.

***

Am nächsten Morgen ging es mit einer Überraschung weiter. Nicht der Scheich erläuterte sein Konzept, das war wohl unter seiner Würde, nachdem unser Konzept von mir, also einer Frau, vorgetragen worden war, sondern Hassan, der hässlichere von beiden Brüdern, hatte die Ehre. Er saß mir direkt gegenüber, schaute mich fast bei jedem Satz mit seinen bösen, stechenden Augen an, als wenn er mich umbringen wollte. Sein Vortrag war kühl, sachlich, ohne Leidenschaft, aber fundiert. Nach drei Stunden war er allerdings immer noch nicht am Ende.

»Ich möchte jetzt unterbrechen«, sagte der Scheich, »und Sie zum Essen einladen. Das Wichtigste ist vorgetragen, der Rest kann nach dem Essen im kleinsten Kreis erläutert werden. Ich schlage vor, dass mein Sohn Hassan und Sie das erledigen.« Er blickte zu mir. Ich bat ihn um die Protokollführerin Jane, die er mir zugestand. »Morgen zur gleichen Zeit wie heute verhandeln wir dann weiter.«

Khalid grinste, wobei Hassan blass vor Wut wurde, so schien es mir jedenfalls.

Nach einem bescheidenen Mahl verabschiedeten sich alle

Teilnehmer. So gingen Hassan, Jane und ich in den Konferenzraum und walteten unseres Amtes. Nach einer halben Stunde der freudlosen Zusammenkunft verabschiedete er sich von uns. Ich machte drei Kreuze, und Jane auch.

Wir überflogen den Bericht an Frank, mailten ihn ihm zu und verabredeten uns für zehn Uhr in der »Moonlight Bar«. Dort trafen wir beide pünktlich ein und unterhielten uns vorzüglich. Ich lernte Jane als eine prächtige Frau kennen, die meine Freundin werden könnte. Aber Frank wäre das bestimmt nicht recht gewesen. Wir wünschten uns eine gute Nacht und suchten unsere Quartiere auf.

Ich dachte, mich träfe der Schlag, als ich in einem meiner Sessel Scheich Junior Hassan sich lümmeln sah!

»Was wollen Sie hier?«, giftete ich ihn an.

»Na, was wohl ...«, sagte er mit einem dreckigen Grinsen. »Ich weiß aus sicherer Quelle, dass du ein unersättliches Sexmonster bist, und ich wollte prüfen, ob das wirklich stimmt. Wenn es stimmt, dann wirst du viel Freude an mir haben.« Er stand auf und kam dicht zu mir. »Du wirst das hier für dich behalten, sonst werde ich meinem Vater berichten, dass du eine Hure bist und mich in deine Suite eingeladen hast, um mir mit Hilfe von Sex Zugeständnisse zu Gunsten eurer Reederei zu ergaunern. Dein Mann und deine Mitarbeiter werden sicher auch erstaunt sein, dass du versuchst hast, mich mit widerlichen Sexpraktiken zu erpressen.«

Sprachlos blickte ich ihn an.

»Und nun geh ins Bad und säubere deinen unreinen Körper. Das Bad ist gerichtet, eine Dienerin steht bereit, dich für mich vorzubereiten.«

Wie gelähmt stand ich starr.

»Na los, worauf wartest du noch?«, ranzte er mich an.

Ich riss mich zusammen und ging gemessenen Schrittes zum Bad. Dort stand eine orientalische Schönheit, nur bekleidet mit einem durchsichtigen Schleier, und lächelte mir zu. Trotz meiner Abneigung musste ich zugeben, dass es wunderbar duftete und meine Sinne wie in einem Traum betörte.

Sie kam auf mich zu, führte mich zu der Liege, die sich in meinem Bad befand, und flüsterte mir zu: »Leg dich hin.«

Ich tat es und sie zog mich Stück für Stück aus, bis ich nackt vor ihr lag. Der Anblick schien ihr zu gefallen, denn sie lächelte verklärt, strich ganz zart über meine Knospen, die augenblicklich hart wurden. Meine Muschi wurde feucht, ich fing an zu zittern.

»Beruhige dich, hebe dich für meinen Herrn auf«, flüsterte sie und führte mich zur Wanne.

Ich legte mich in das duftende Wasser. Schon nach kurzer Zeit wurde ich müde und ließ alles über mich ergehen. Ein wohliger Schauer nach dem anderen überkam mich. Mit ihren zärtlichen Händen wusch und massierte sie mich von Kopf bis Fuß. An den empfindlichsten Stellen verweilte sie einen Augenblick länger, aber nie so lange, dass es bei mir zu einem Höhepunkt gekommen wäre.

Schließlich half sie mir aus der Wanne und trocknete mich mit einem weichen Badetuch ab. Auch das tat sie voller Hingabe. Ich stöhnte vor Lust und spürte, dass auch sie in Erregung geriet. Die Dienerin massierte mich mit einer Creme ein, die mich endgültig meiner Sinne beraubte. Zum Schluss spürte ich noch, dass sie eine Tube bei mir einführte und eine Creme in meine Muschi hineindrückte.

»Was ist das?«, fragte ich.

»Das ist eine wunderbare Gleitcreme, die alles geschmeidig macht und dafür sorgt, dass dir mein Herr und Gebieter nicht wehtut. Er hat ein so riesiges Ding, wie du es bestimmt noch nie gespürt hast. Man nennt ihn in gewissen Kreisen ›Der Hengst‹. Du brauchst aber keine Angst zu haben, denn diese Creme sorgt dafür, dass selbst das dickste Ding schmerzlos in dich hineinkommt. Sie entkrampft deine Muskulatur und weitet deine Muschi. Dir kann wirklich nichts passieren. Außerdem bist du schon sehr feucht, und das, seit ich dich berührt habe. So etwas Geiles wie dich habe ich noch nie unter meinen Händen gehabt. Du wirst meinen Herrn bestimmt zufriedenstellen. Er wird dich nachher mit Gold und Brillanten überschütten.«

»Ich bin keine Hure, die sich bezahlen lässt! Wenn er das macht, werfe ich ihm den ganzen Plunder vor die Füße!«

»Bitte tu das nicht, er bringt es fertig und lässt dich auspeitschen. Wir sind hier im Orient, da zählen Frauen so gut wie nichts. Frauen sind da, um ihren Herren nichts als Freude zu bereiten.«

»Er ist aber nicht mein Herr, ich bin seine gleichberechtigte Geschäftspartnerin.«

»In seinen Augen nicht, sonst lägest du jetzt nicht bei mir und ließest dich für sein Vergnügen und Wohlbefinden von mir vorbereiten. Und jetzt sei bitte still, reg dich nicht auf, mein Herr will eine ruhige, gefügige Sexsklavin, keine aufgeregte, störrische Frau, die glaubt, sie müsste ihm nicht zu Willen sein.«

Bei diesen Worten sprühte sie ein wunderbares Duftwasser über mich, von dem mir wieder fast die Sinne schwanden. Ich fühlte mich wie auf Wolken, war halb bei Bewusstsein und halb dämmerte ich vor mich hin. Es war himmlisch.

»Mein Gebieter erwartet dich jetzt.«

Sie half mir auf. Ich wankte leicht, aber sie stützte mich und wir schritten langsam ins Nebenzimmer.

»Mein Herr« lag auf meinem Bett, mit einer leichten Decke

zugedeckt. Als ich eintrat betrachtete er mich abschätzend. Seine Dienerin drehte mich ein paar Mal um meine eigene Achse. Daraufhin lächelte er gnädig.

Die Dienerin ging zu ihm, zog langsam die Decke von seinem athletischen Körper. Er lag vollkommen nackt da und sein gewaltiges Rohr stand gen Himmel. Mir wurde schlecht vor Angst.

»Bitte nicht«, jammerte ich.

Die Dienerin nahm mich zärtlich in die Arme, lächelte mir aufmunternd zu und legte mich neben das Ungeheuer auf den Rücken, ganz dicht neben ihn. Ich presste meine Schenkel fest zusammen und zitterte vor Angst. Er gab der Dienerin ein Zeichen. Sofort streichelte sie meine Schenkel und versuchte mit leichtem Druck, sie auseinanderzubekommen. Als das nicht gelang, küsste sie zuerst den einen, dann den anderen Schenkel, zog meine Muschi mit beiden Händen etwas auseinander und fuhr mit ihrer süßen Zunge in meine Muschi. Als sie meinen Kitzler berührte, zuckte ich zusammen und es war um mich geschehen.

Wenn bloß nicht dieser Mistkerl neben mir liegen würde, dachte ich verzweifelt.

Meine Beine gingen wie von selbst auseinander. Die Dienerin ließ von mir ab und der Scheich beugte sich über mich. Er begann, sein Riesending in mich zu versenken. Das machte er allerdings mit größter Vorsicht, er wollte mir wohl nicht wehtun. Ganz langsam, Zentimeter für Zentimeter, drang er in mich ein. Ich war völlig entkrampft und es tat mir gut. So ein Riesending hatte ich noch nie gesehen, geschweige denn, in mir gehabt. Mir wurde immer wohler und ich konnte es jetzt kaum noch erwarten, bis er ganz in mir war. Alle Angst war verflogen. Die letzten paar Zentimeter nahm er mit einem kleinen Ruck, ein kurzer Schmerz, fast wie bei meiner Ent-jungferung, dann stöhnte ich vor Lust und Wonne.

Er spürte meine Lust und langsam begann er, sich in mir auf und ab zu bewegen. Oh, was für ein Gefühl! Hoffentlich hörte er nicht so bald wieder auf.

Schon kam mein erster Höhepunkt, ich zitterte wie Espenlaub. Das tat ihm offenbar gut, denn jetzt bewegte er sich etwas schneller. Auch ich konnte mich nicht mehr beherrschen, mein Po kreiste und hob sich auf und ab – und mein nächster Orgasmus war da.

Oh, oh, ah ... Das war ja außerirdisch!

Er stieß jetzt etwas fester zu, wurde schneller und wieder war ich soweit, der nächste Orgasmus sprudelte aus mir heraus.

»Mach weiter!«, flehte ich ihn an, und er rührte in mir herum, dass ich dachte, es reißt meine Möse auseinander. Ich stöhnte und stöhnte und bewegte mich immer schneller. Jetzt hatte er seinen ersten Höhepunkt, ein Urschrei ertönte und eine Flut ergoss sich in meine Muschi, die vor Lust schäumte. Sein riesiges Rohr blieb in mir.

Er machte eine kleine Verschnaufpause. Die Dienerin massierte ihn mit einem wohlduftenden Öl, erst den Rücken, dann die Schenkel von außen und von innen. Sie küsste ihn zwischen seine strammen Pobacken, ging tief mit ihrer Zunge in ihn hinein, züngelte an seinem Hodensack und ich spürte, dass sein riesiger Schwanz, der nach seinem ersten Orgasmus etwas kleiner geworden war, wieder anschwoll. Meine Muschi verkrampfte. Die Dienerin brachte Erleichterung, indem sie etwas Creme in meine Muschi drückte, und sie somit wieder entkrampfte.

Scheich Hassan gab ihr ein Zeichen, woraufhin sie sich zurückzog. Sie setzte sich in den Sessel, der beim Bett stand, und sah dem Treiben zu.

Der Scheich hatte sich erholt. Jetzt ging es wieder los, er vögelte in mir herum, dass ich glaubte, mich reißt es auseinander. Und schon kam wieder ein Orgasmus. Er war jetzt so heftig mit meiner Möse beschäftigt, dass ein Orgasmus dem nächsten folgte. Das war ja fast unmenschlich, das konnte doch nicht wahr sein! Wo nahm dieses Ungeheuer die Kraft und die Ausdauer her?

Jetzt explodierte er zum zweiten Mal, und ich gleich mit! Ich konnte vor lauter Geilheit keinen klaren Gedanken mehr fassen, das Einzige, was ich dachte, war: Hoffentlich hört das nie auf!

Es hörte auch nicht auf, es wurde immer heftiger. Irgendwann war ich am Ende, konnte nicht mehr. Meine Muschi wurde trocken und wund, und ich bettelte um Gnade. Da bemerkte ich, wie sich die Dienerin ihres Schleiers entledigte und sich die gewisse Tube in ihre Möse hielt und drückte.

Scheich Hassan zog mit einem Ruck sein Ding aus mir. Es klang, als ob ein Sektkorken die Flasche verlassen würde. Die Dienerin kniete sich vor ihn auf mein Bett und er führte sein immer noch stocksteif stehendes Rohr von hinten in sie ein. Nicht zentimeterweise, sondern mit einem heftigen Stoß. Sie gab geile Töne von sich und er rammelte in ihr herum, als ob er nicht schon seit fast einer Stunde vögeln würde. Sie wog bestimmt dreißig Kilo mehr als ich, hatte einen großen, strammen Arsch, bei dessen Anblick ich Lust bekam.

Ich wankte zur Toilette. Als ich Pipi machte, fing meine arme wunde Möse an zu brennen. Ich ging zurück. Scheich Hassan hatte gerade seinen dritten Höhepunkt. Ich schnappte mir die gewisse Tube, cremte meine Muschi ein und sie hörte sofort auf zu brennen – das war wohl eine Wundersalbe!

Als Scheich Hassan bemerkte, dass ich meine Muschi einsalbte, grinste er, zog sein Ding aus der Dienerin, warf sie aus dem Bett und winkte mich zu sich.

Ich torkelte zu meinem Bett. Scheich Hassan nahm mich von hinten, diesmal nicht mehr so vorsichtig, wie beim ersten Mal. Schwupp, war er drin. Ich spürte keinen Schmerz, nur unbändige Lust. Als er das merkte, stocherte er wie ein Wilder in mir herum, ich heulte auf, stöhnte, jammerte ...

»Jetzt machen wir dich fertig«, keuchte er und gab der Dienerin ein Zeichen.

Die kam unterwürfig angekrochen und wartete auf Anweisungen.

»Leg dich unter die Sklavin, steck deine Zunge in ihr sündiges Loch und massiere ihre empfindlichste Stelle.«

Das tat sie. Ihre Zunge landete zischen meinen Schamlippen, berührte meinen Kitzler, zog ihn zwischen ihre Lippen und ich spürte ihre Zähne, die ihn ganz vorsichtig festhielten. Ich konnte mich kaum noch halten. Scheich Hassan fickte mich ohne Unterlass von hinten, dazu die Zunge der Dienerin an meinem Kitzler ... Ich stand kurz vor dem Wahnsinn! Wieder hatte ich einen Höhepunkt, dem in kürzester Zeit ein weiterer folgte. Jetzt schüttelte sich Scheich Hassan, dann hatte wohl auch er genug.

Meine Muschi war wieder wund, ich konnte nicht mehr. Scheich Hassan zog endlich seinen mächtigen Penis, der jetzt allerdings viel kleiner war, aus mir. Er ging in mein Bad und wenig später hörte ich die Dusche rauschen.

Angezogen kam er bald darauf heraus. Ich fürchtete mich vor dem Moment, in dem er mir meinen »Hurenlohn« aushändigen würde. Mir war klar, dass ich ihm den vor die Füße werfen würde, was für einen Scheich eine tödliche Beleidigung wäre.

Doch er hatte nichts in der Hand, und mir fiel ein Stein

vom Herzen. Seiner Dienerin befahl er, diese Nacht bei mir zu bleiben.

Er blickte zu mir, deutete ein flüchtiges Kopfnicken an, ein fast schüchternes Lächeln, dann war er verschwunden.

Die Dienerin eilte ins Bad, kam zurück und sagte: »Hassan hat nichts hinterlassen, offenbar betrachtet er dich doch als seine Geschäftspartnerin, nicht als eine Hure.«

»Warum sollst du diese Nacht bei mir bleiben? Nicht, dass ich etwas dagegen hätte – im Gegenteil. Aber warum sollst du mich wieder auf die Beine bringen? Ich bin zwar ziemlich fertig, aber ein Pflegefall bin ich noch lange nicht!«

Die Dienerin kicherte. »Na, dann warte mal ab. In ein bis zwei Stunden wird deine Muschi dick und wund sein und du wirst vor Muskelkater keinen Schritt mehr gehen können. Mein Gebieter hat fast drei Stunden mit seinem Monsterpenis in dir herumgewühlt. Ohne meine ›Heilbehandlung‹ wirst du zwei Tage außer Gefecht sein, möchtest du das?«

»Oh nein, das wäre das Schlimmste! Ich muss morgen topfit sein!«

»Na also, dann lass uns nicht zögern. Ich gehe in die Apotheke, und du machst dich frisch.« Sie verschwand.

8. WASSERMASSAGE

Ich folgte ihrem Rat und ging duschen. Als das fast kalte Wasser meine Muschi erreichte, brannte es wieder, ich hatte das Gefühl, es würde immer schlimmer. Meine schöne Muschi war auch ziemlich geschwollen, wie ich im Spiegel entdeckte.

Als ich aus dem Bad kam, erschien der Zimmerservice und brachte Lammfilet mit Kräuterreis und Joghurt-Dipp. Meine

Dienerin erschien kurz nach ihm. Es schmeckte vorzüglich!

Nach dem Essen befassten wir uns mit meiner Muschi und allem, was damit zu tun hatte. Ich wollte aufstehen, um zur Toilette zu gehen. Es ging aber nicht, ich konnte keine drei Schritte laufen. Muskelkater und wunde Möse.

»Bleib sitzen«, sagte die Dienerin, » ich hole dich gleich.«

Sie ließ ein lauwarmes Bad ein, schüttete eine große Portion schwarzes Pulver hinein. Das Wasser verdunkelte sich, es stank ganz fürchterlich. Sie holte mich, ging langsam mit mir zur Wanne.

»Willst du mich umbringen«, fauchte ich sie an.

»Nein, ich möchte dir helfen, es heilt deine Muschi, glaub mir.« Sie nahm mich auf den Arm wie ein kleines Kind und legte mich vorsichtig in die Wanne. Ich schrie vor Schreck. Meine Muschi brannte wie Feuer.

»Bist du verrückt?«, rief ich. »Was machst du mit mir?!«

»Es wird dir helfen. Bleib eine halbe Stunde in der Wanne liegen. Ich bin nebenan, wenn du etwas brauchst.« Sie verschwand.

Ich seufzte. Recht schnell hatte ich mich an den Gestank gewöhnt, das Bad tat auf irgendeine Weise gut. Es brannte zwischen meinen Schenkeln auch nicht mehr so sehr, es kribbelte eher angenehm.

Nach einer halben Stunde kam meine Dienerin, half mir aus der Wanne und stellte mich unter die Dusche.

»Jetzt dusch dich so warm wie möglich ab, damit du nicht mehr stinkst wie ein Kamel.«

Das tat ich, dann rubbelte sie mich vorsichtig von oben bis unten ab.

»Es tut kaum noch weh zwischen meinen Beinen«, sagte ich ungläubig.

»Siehst du. Deine Muschi ist auch kaum noch geschwollen«, bemerkte meine Dienerin. »Nun leg dich im Bad auf die Liege, die Behandlung geht gleich weiter.«

»Wie heißt du, heilende Dienerin?«, fragte ich.

»Sulima.« Sie lächelte mich schüchtern an und in meiner Muschi fing es sofort wieder an zu pochen.

Sulima ließ wieder warmes Wasser in die Wanne und schüttete eine dicke Flüssigkeit hinein, die das Wasser rötlich färbte. Ein angenehmer Duft entströmte dem Wasser.

Ich stieg in die Wanne, schloss die Augen und wurde schläfrig. Es war ein Öl, das sie hinzugegossen hatte und es tat gut. Sulima, die keinen Schleier mehr trug, zog ihre langärmelige Bluse aus und begann die Behandlung. Ihre Hand glitt ins Wasser. Ganz zart berührte sie meine Schenkel und gab mir durch ihre Berührung zu verstehen, dass ich sie spreizen sollte. Ich tat es ganz leicht, dabei lief mir ein wohliger Schauer über den Rücken. Leicht massierte sie meine nur noch wenig geschwollene Muschi, drang mit der Hand in sie ein und streichelte die Stellen, die noch wund waren. Es tat kaum noch weh, aber ein wohliges Lustgefühl überkam mich. Ich setzte mich auf, zog ihren Kopf zu mir und küsste sie zärtlich auf den Mund, während ich abwechselnd ihre schönen prallen Brüste streichelte. Sie erwiderte meine Küsse und massierte dabei meine wunden Stellen weiter.

Nach einer wunderbaren Muschibehandlung sagte Sulima: »Komm, steig aus der Wanne und leg dich dort auf die Liege.« Sie tupfte mit einem angewärmten weichen Tuch meinen ganzen Körper trocken – ganz zart die kaum noch wunden Stellen – und küsste meine Muschi. Das war ein wunderschöner Zungenkuss. Dann küsste sie meinen Mund.

»Ich liebe dich«, sagte ich zu Sulima und konnte nicht

aufhören, ihre Brüste und ihren Mund zu liebkosen.

»Jetzt werde ich deine süße Muschi mit einer besonders guten Salbe versorgen.« Sie massierte meine Muschi mit einer grünlichen Salbe ein, half mir von der Liege und brachte mich nach nebenan zu meinem Bett.

»Jetzt lege ich mich zu dir und wir warten, bis deine schöne Vagina wieder aussieht wie neu. In zwanzig Minuten ist es soweit.«

Als sie bei mir lag, zog ich den Rest ihrer Sachen aus, legte mich mit dem Kopf auf einen ihrer herrlichen Schenkel und streichelte sie, bis sie leise stöhnte. Mit dem Mittelfinger drang ich ein wenig in sie ein und bewegte ihn hin und her. Ihre Schenkel gingen auseinander. Ich näherte mich ihrer rasierten Möse und stieß mit meiner Zunge in sie. Sie schrie leise auf, war entzückt und begann, ihren herrlich geilen Po auf und ab zu bewegen. Ich drang so tief in sie ein, wie es meine Zunge hergab, dabei steckte ich zwei Finger in ihren Po und wühlte darin herum. Es folgte ein nicht enden wollender Orgasmus. Sie vergoss ein paar Tränen vor Glück. Bei mir war sie keine Sexsklavin, die nur für die Lust der Scheichs existierte. Ich liebte sie in diesem Moment und tat alles, um sie glücklich zu machen. Ich leckte weiter in ihrer herrlichen Möse herum, bis es ihr noch einmal kam, dann lagen wir uns glücklich lächelnd in den Armen.

»Jetzt müssen wir aber weitermachen, denk daran, morgen früh musst du fit sein. Wenn wir jetzt nicht deinen Muskelkater bekämpfen, kannst du morgen keinen Schritt gehen.«

Mit ihrer Hilfe humpelte ich zu der Liege im Bad, wo die Behandlung weiterging.

»Kann es sein, dass der Muskelkater schlimmer geworden ist?«, fragte ich.

Sie nickte. Mit zarter Hand wusch sie noch einmal meine Muschi, und entfernte damit alle Ölreste gegen das Wundsein. Jetzt nahm sie eine Porzellandose, in der sich eine graue Salbe befand, und cremte damit im Umkreis von zwanzig Zentimetern alles ein, was sich darum befand. Es wurde kalt an diesen Stellen. Sie umwickelte mich mit meterlangen Mullbinden, dann mit einem riesigen weichen Badetuch und trug mich ins Bett. Sie schenkte mir ein Glas mit einem komisch schmeckenden Tee ein. Ich hatte kaum noch Kraft, ihr einen Kuss zu geben, da schlief ich auch schon ein.

***

Als Sulima mich am Morgen um sechs Uhr weckte, lag sie neben mir. Ihr schöner Körper und ihre Augen strahlten mich an.

»Guten Morgen, Anna«, flüsterte sie. »Ich hoffe, du hast gut geschlafen. Jetzt wollen wir deine Binden abnehmen und sehen, ob mit dir alles in Ordnung ist.«

Nachdem sie das getan hatte, forderte sie mich auf, mich zu erheben und ein paar Schritte zu gehen.

Ich hatte keine Schmerzen, keinen Muskelkater mehr, keine wunden Stellen. Ich musste heulen. Sulima nahm mich in den Arm und küsste mich, dann gingen wir zusammen in die Wanne. Beim Baden liebkosten wir uns so zärtlich, dass es fast zur gleichen Zeit bei beiden zum Orgasmus kam. Wir legten uns noch einmal auf das Bett, vergruben gegenseitig unser Gesicht zwischen den Schenkeln der anderen und unsere Zungen verzückten unsere Muschis.

Als das Frühstück gebracht wurde, hatten wir schon drei Höhepunkte hinter uns – und das am frühen Morgen!

***

Schlicht gekleidet und frisch wie der junge Morgen erschien ich pünktlich zur Konferenz, die für alle Seiten ein voller Erfolg wurde. Scheich Hassan lächelte mir einmal heimlich zu, während sein Bruder Khalid Zurückhaltung übte. Vielleicht konnte er nicht glauben, dass wir es zusammen getrieben hatten, denn so frisch sahen die Frauen wohl nicht aus, wenn sie Hassans Riesenschwanz in sich gehabt hatten ...

Außerdem kannte er nicht meine Qualitäten und meinen ständigen Hunger nach Sex. Es waren zwar anstrengende Stunden mit ihm gewesen, aber letztendlich ein grandioses Ereignis. So fertig hatte mich lange kein Mann mehr gemacht, so intensiv hatte ich noch keinen Schwanz gefühlt! Es war Himmel und Hölle zugleich – der helle Wahnsinn!

Der Scheich erbat einen Tag Pause. Etwas Besseres konnte mir nicht passieren. Ich sah zwar aus wie neu, aber diese Orgie spürte ich trotzdem noch in allen Knochen.

9. Sexfreier Tag

Ich ging in meine Suite und zog mich aus. Vor dem Badezimmerspiegel spreizte ich die Beine, um meine Muschi zu betrachten. Die Sonne fiel durch das Badezimmerfenster direkt auf meine Muschi, so konnte ich sie genau inspizieren. Sie sah gut aus, nicht mehr geschwollen, nicht mehr wund, auch vom Muskelkater spürte ich nichts mehr.

Sofort steckte ich einen Finger hinein und rührte ein bisschen in ihr herum, das tat gut! Wenn jetzt ein Kerl käme oder eine geile Mieze, ich könnte schon wieder ... Schluss damit! Ich wollte doch heute einen sexfreien Tag einlegen.

Schnell zog ich mich an und eilte zum Strand. In einem Café bestellte ich mir eine Kleinigkeit zu essen, da klingelte mein Handy.

Nadja war dran. »Hallo Anna«, sagte sie aufgeregt. »Ich muss dir etwas erzählen. Gestern Abend habe ich versucht, unser kleines Opfer aufzuspüren, um noch ein bisschen mit ihm und seinem Schwänzchen zu spielen, war aber nichts. Als er mich sah, ergriff er die Flucht und ward nicht mehr gesehen.« Sie kicherte. »Kurz darauf kamen seine Eltern und fragten mich, was wir mit ihrem Sohn angestellt hätten. Ich sagte ihnen, wir hätten versucht, einen richtigen Mann aus ihm zu machen. Auf meine Frage, ob uns das gelungen wäre, drucksten sie herum. Seine Mutter, eine stramme Vierzigerin mit einer sexy Ausstrahlung, wohlgeformten Titten und einem geilen Arsch zum Reinbeißen, schüttelte nur den Kopf. Ihr Mann, gut gebaut, auch etwa vierzig, Hakennase wie sein Sohn, zog mich mit Blicken aus. Kann ja nichts passieren, dachte ich, seine Frau war ja dabei. Sie fragte, ob ich Lust hätte, mit ihnen etwas zu trinken. Ich wollte, und er schlug die ›Moonlight Bar‹ vor. Es wurde ein lustiger Abend. Die beiden waren super gut drauf. Wir tranken Cocktails. Sie erzählte von ihrem Sohn, der sehr klug, aber auch sehr schüchtern wäre. Sie wäre froh, wenn er wenigstens einmal etwas mit einer Frau gehabt hätte. Wenn es gleich zwei Frauen gewesen wären, dann wäre es für einen erfahrenen Mann, wie den ihren, sicher ein Fest gewesen. Aber ihr Kleiner war wohl etwas überfordert, erzählte sie und lachte fröhlich dabei. Ihr Mann zahlte, und wir brachen auf. Es stellte sich heraus, dass wir fast Tür an Tür wohnten. Seine Frau fragte mich, ob ich noch Lust auf einen Kaffee hätte und ich sagte Ja. So gingen wir auf das Zimmer der beiden. Seine Frau nahm auf der riesigen Couch Platz, forderte mich auf, mich neben sie zu setzen, während er Kaffee zubereitete und dann im Bad verschwand. Kaum war er weg, legte sie einen Arm um mich, küsste mich auf den Mund und schneller, als ich reagieren konnte, war sie in mir und hatte meinen Kitzler zwischen Daumen und Zeigefinger. Ich zuckte erschrocken zusammen, aber schon wurde ich scharf. Diese Frau hatte Übung, die wusste genau, wie man es anstellte, eine Frau verrückt zu machen. Es vergingen kaum zwei Minuten, da hatte sie mich so weit, ich kam. Sie zog ihren Rock hoch, schickte mich wie einen Ringkämpfer auf die Knie, sodass ich direkt vor ihr landete. Blitzschnell zog sie ihren Slip aus und drückte meinen Kopf zwischen ihre Schenkel. Sie sagte, dass sie nun das Gleiche mit mir machen wollte, was wir mit ihrem Sohn gemacht hatten. Ich sollte sie schön lecken. Sie drückte mein Gesicht noch näher an ihre klatschnasse Fotze und nahm meinen Kopf in die Mangel. Ich konnte ihn nicht mehr bewegen, nur noch mit meiner Zunge in ihr herum-rühren, sonst hätte sie mir die Luft abgedrückt. Sie winselte vor Geilheit und ich spürte, wie mir ihr Mann den Rock hochschob und den Slip herunterzog. Dann nahm er mich von hinten, oh, war das herrlich! Er stieß seinen Schwanz in mich hinein, wartete einen Augenblick, dann fing er wie ein Wilder an, in mir herumzuvögeln. Ich biss ihr vor Geilheit in ihre Möse. Sie schrie auf und mir kam es wieder. Auch sie hatte einen Orgasmus, schob mich von sich und fing an, in sich selbst herumzurühren. Das machte ihr offenbar Spaß. Er schüttelte sich ebenfalls und spritzte alles auf meinen Rü-cken. Dann schnappte er sich seine Frau, legte sie mit dem Kopf auf meinen Po. Die schleckte gierig alles auf, was auf meinem Rücken verlaufen war. Die beiden schienen richtig perverse Ferkel zu sein. Er steckte seinen Riemen von hinten in seine Frau hinein, die vor Vergnügen aufschrie. ›Stoß zu‹, schrie sie, ›aber feste!‹ Und er stieß zu, dabei kriegte er meine Muschi zu fassen. Mit dem Mittelfinger flutschte er hinein, mit dem Daumen landete er in meinem Buhloch. Seine Frau hatte schon wieder einen Orgasmus und stieß ihn von sich. Ich lag noch immer auf dem Rücken, seine Finger in beiden Öffnungen – das änderte sich jetzt. Er sprang auf mich, drang mit seinem steifen Gerät in mich ein und vögelte mich mit affenartiger Geschwindigkeit. Pure Lust überkam mich, ich krallte mich in seinen Pobacken fest und schon kam ich wieder. Als er merkte, dass ich einen Orgasmus hatte, zog er seinen Schwanz aus mir, steckte ihn mir in den Mund und feuerte mich an. Ich bewegte meine Zunge um seine Eichel, sog an seinem Schwanz, bis er kam und einen lauten Schrei ausstieß. Seine Frau stand an der Kaffeemaschine und schaute grinsend zu. Das war unglaublich! Anna? Hörst du mir noch zu?«, fragte Nadja.

»Natürlich, aber ich kann nicht mehr. Wo bist du? Entweder wir beide treffen uns sofort bei mir im Hotel, oder du sagst mir die Zimmernummer von den beiden, sonst drehe ich durch. Meinen Slip habe ich eben auf der Toilette ausgezogen. Den kann man auswringen, so nass ist der.«

Nadja lachte. »Das würde ich nicht machen! Steck ihn lieber in ein sauberes Marmeladenglas und versteigere ihn im Internet. Da machst du jemandem Freude und bekommst auch noch Geld dafür.«

»Ach Quatsch! Sag mir lieber, wo du bist, ich will dich auf der Stelle vernaschen.«

»Ich bin in meinem Zimmer und warte auf dich. Übrigens, gleich kommt der stramme Ficker von gestern, aber diesmal ohne Frau. Wenn du willst, dann bringen wir den gleich gemeinsam zur Strecke.«

Als ich fünf Minuten später in Nadjas Zimmer ankam, war der stramme Ficker bereits da. Nadja saß auf ihm und beritt ihn, was das Zeug hielt. Ich sah den beiden eine Weile zu und meine Muschi schäumte. Ich kniete mich über sein Gesicht und schon hatte ich seine Zunge in mir. Ich war vom Zusehen so spitz geworden, dass ich sofort einen orkanartigen Orgasmus bekam.

Er leckte ohne Pause weiter. Der nächste Höhepunkt folgte direkt hinterher. Ich drehte mich um, kniete jetzt andersherum über seinem Gesicht und er leckte jetzt abwechselnd in beiden Öffnungen. Ich verging fast vor Wonne. Nadja saß mir gegenüber und ich küsste sie leidenschaftlich. Als es ihr bei ihrem tollen Ritt wieder kam, hätte sie mir fast in die Zunge gebissen. Mein Wohltäter konnte von meiner Muschi und meinem Po nicht genug kriegen, er leckte und leckte, bis ich so viele Höhepunkte hatte, dass ich kraftlos auf die Seite fiel. Sein Schwanz wurde wohl jetzt auch etwas kleiner, das nahm Nadja zum Anlass, ihn wieder aufzublasen. Ich schlich mich davon, legte mich auf meine Terrasse und ließ mich von der Sonne bescheinen. Sah so ein Tag ohne Sex aus?

10. Tausendundeine Nacht

Am nächsten Morgen trafen wir uns wieder im Konferenzraum. Der Scheich saß mir, umgeben von seinen beiden Söhnen, mit ernstem Gesicht gegenüber. Gestern glaubte ich noch, es wäre alles gelaufen, der Rest wäre nur noch eine Formsache, das sah jetzt aber anders aus. Hatte ich irgendetwas verkehrt gemacht, hatte ich ungeschickt verhandelt? Ich war mir keiner Schuld bewusst. Hatte sein Sohn etwa mit mir gevögelt, um das Geschäft zu verhindern? Oder hatte Hassan seinem Vater erzählt, dass seine weibliche Geschäftspartnerin versucht hatte, ihn zu verführen, um geschäftliche Vorteile daraus zu erhaschen? Ihm traute ich alles zu. Er hatte nicht nur einen mächtigen Penis, eine unvorstellbare Ausdauer und eine Sexgier, wie auch ich sie besaß, er hatte ganz gewiss auch einen schlechten Charakter, war ein böser Mensch ohne Gewissen und ohne gute Gefühle.

Mir zitterten leicht die Knie, als ich aufstand, um das Ergebnis unserer Beratung zu verlesen. Dabei konnte ich allerdings feststellen, dass sich bei meinem fast zwei Stunden langen Vortrag das Gesicht des Scheichs mehr und mehr aufhellte, mir sogar freundlich zulächelte. Sein Sohn Hassan, der mich fast um meinen Verstand gevögelt hatte, blieb nach außen kühl und teilnahmslos, Khalid machte mir ab und zu »schöne Augen« und sah mich an, als ob er mich im Geiste ausziehen würde. Ich ließ mir nichts anmerken, stellte aber fest, dass sich meine verdammte Möse schon wieder in Aufruhr befand. Sie wurde immer feuchter und ich beeilte mich, meinen Vortrag mit Würde zu Ende zu bringen.

Ich schaffte es und der Scheich bedankte sich. Dann bat er zum Essen. Ich hatte noch genügend Zeit, zur Toilette zu gehen, meinen feuchten Slip zu wechseln und meine Muschi wieder in Stand zu setzen. Täuschte ich mich, oder grinste mich Khalid an, als ob er ahnte, was ich gerade erledigt hatte?

Nach fast zwei Stunden begann Teil zwei der Konferenz. Scheich Khalid verlas nun die Bedingungen seines Vaters, der mir immer wieder fast gnädig zulächelte und zustimmend zu den Worten seines Sohnes nickte. Es wirkte alles wie eitel Sonnenschein.

Nachdem auch dieser Vortrag beendet war und die Unterzeichnung des Vertrages nur noch reine Formsache schien, erhoben wir uns alle.

Scheich Mohammed lud mich in seinen Palast zu einem Gespräch unter vier Augen ein. Der Vertragsabschluss sollte in zwei Tagen dort stattfinden, im Anschluss daran ein orientalisches Festessen. Eine Limousine fuhr vor, der Scheich bat mich, Platz zu nehmen, und wir fuhren in hohem Tempo direkt zu seinem Palast. Welch eine Pracht! Wir nahmen in seinem Arbeitszimmer Platz, ein Diener brachte kühle Getränke. Wir plauderten zwanglos. Er freute sich auf eine erfolgreiche Zukunft und betonte, wie sehr er von meiner Verhandlungsführung eingenommen wäre.

»Auf Einladung Ihres hochverehrten Gatten werde ich Sie schon bald in Amerika besuchen«, verkündete er. Nach etwa zwanzig Minuten war das Gespräch beendet.

»Einer meiner Söhne wird Sie jetzt zu Ihrem Hotel begleiten«, sagte er und verabschiedete sich formvollendet.

Die Tür ging auf, und Khalid erschien freundlich lächelnd. Ich war erleichtert. So kurz hintereinander hätte ich den Riesenschwanz seines Bruders nicht verkraftet, was nicht hieß, dass ich nicht bestimmt schon in kurzer Zeit Verlangen danach haben würde. Wir gingen zu dem Luxus-Schlitten. Der Chauffeur riss die Tür auf und wir versanken im Fond. Er öffnete eine kleine Bar und reichte mir ein Glas Champagner.

Nach ein paar Minuten fragte er mich, ob ich Lust hätte, heute Abend mit ihm zu essen, er würde mich pünktlich um acht Uhr abholen lassen.

Ich war total überrascht, damit hatte ich nicht gerechnet, aber wieso eigentlich nicht? Es lag doch nahe, mich nach erfolgreicher Verhandlung einzuladen. Also sagte ich zu.

Als ich in meiner Suite ankam, rief ich sofort Jane Adams an, bat sie zu mir, um den Abschlussbericht für Frank vorzubereiten. Sie mailte ihm den Vortrag vom Scheich sowie meinen

Bericht zu. Ich wünschte ihr einen schönen Abend und einen erholsamen nächsten Tag.

Anschließend ging ich ins Bad, um mich in aller Ruhe auf den Abend vorzubereiten. Man wusste ja nie, was dazwischenkäme ...

Pünktlich auf die Sekunde klopfte es an der Tür. Der Chauffeur holte mich ab. In dem riesigen Gefährt saßen drei junge, bildschöne Damen, offenbar Gespielinnen ihres Herren. Zwei nahmen mich in ihre Mitte, die Dritte nahm mir gegenüber Platz. Alle drei waren gut proportioniert, geizten nicht mit ihren Reizen. Die formvollendeten üppigen Brüste quollen fast aus den tiefen Ausschnitten.

Mein Gegenüber hatte die festen mächtigen Schenkel leicht gespreizt, dass ich ahnen konnte, was für eine geile Muschi sich dazwischen verbarg. Am liebsten hätte ich meine Hand ausgestreckt und losgefummelt, unterließ es aber. Meine Muschi war schon wieder in Form. Ein paar heiße Lusttropfen machten mein Höschen nass, gut, dass ich Reserve in meiner Handtasche besaß.

Plötzlich hielt der Wagen, Türen gingen auf, meine Gefährtinnen zogen mich aus dem Wagen. Wir standen vor einem fantastischen Palast. Leise, orientalische Musik erklang, Scheich Khalid erschien und entführte mich ins Innere des Palastes. Die drei Gespielinnen folgten uns. Wir gelangten in einen kleinen Saal, fast wie ein Theater. Zwölf blutjunge, etwas üppige Mädchen, eine schöner als die andere, tanzten nach einer herrlichen, fremdartigen Musik. Es war wohl eine Art Liebestanz. Sie streichelten und liebkosten sich. Wir setzten uns auf riesige Kissen. Eine der Gespielinnen kniete sich hinter mich und begann, mir ganz zärtlich Hals und Schultern mit Öl einzureiben, dessen Duft mich bald um den Verstand brachte. Dann massierte sie mir gekonnt die Schultern. Das tat unendlich gut.

Nach drei Tänzen erhoben wir uns, verließen den kleinen Saal und gingen zum Essen. Es duftete köstlich! Vier Gänge wurden serviert, dazu erlesene Weine. Dann erklang wieder einschmeichelnde Musik, drei reizende Mädchen vollführten einen Schleiertanz. Unter den Schleiern entdeckte ich große, stramme, wogende Brüste, herrliche Schenkel und einladende, große, feste Popos. Am liebsten hätte ich mitgetanzt und sie liebkost.

Scheich Khalid stand auf, entschuldigte sich und sagte: »Wir sehen uns später«, und weg war er.

Die Gespielinnen erschienen wieder, dufteten jetzt verführerisch und machten sich über mich her. Die eine begann erneut, mich zu massieren, die beiden anderen setzten sich neben mich, streiften mein Kleid nach oben und streichelten meine Schenkel, die sich wie von selbst öffneten. Auch sie hatten vorher ihre Hände in wohlriechendes Öl getaucht. Ich wartete voller Verlangen, dass ihre schönen, zärtlichen Hände meiner feuchten Muschi einen Besuch abstatten würden, taten sie aber nicht. Alle hocherotischen Stellen waren offenbar für sie tabu. Sie waren wohl nur für Scheich Khalid gedacht. Als sie mich fast soweit hatten, dass ich gekommen wäre, hörten sie auf und führten mich durch einen Gang in ein Gemach.

Erst erschrak ich. Nach einer Weile gefiel es mir aber. Sie legten mich auf ein riesiges Bett, umgeben von Duftkerzen, und zogen mich langsam aus. Dann wuschen sie mich mit lauwarmem Wasser, trockneten mich ab, immer die empfindlichsten Stellen vermeidend, legten mich auf den Bauch und massierten mich schließlich vom Hals bis zu den Füssen. Dann drehten die Frauen mich auf den Rücken und ölten mich ein. Von diesem Duft schwanden mir fast die Sinne. Im Unterbewusstsein spürte ich, wie zwei der Gespielinnen meine Knospen küssten und eine mit ihrer Zunge in meiner Vagina versank, dann war ich wohl wirklich nicht mehr bei Sinnen.

Ich kam erst wieder zu mir, als Scheich Khalid mich zärtlich küsste und seinen herrlichen Schwanz in mir versenkte. Was für ein Gefühl! In einem angenehmen Rhythmus bewegte er sich in mir, streichelte erst die eine, dann die andere Brust und saugte an ihr, bevor er mich auf den Mund küsste. Immer, wenn ich kurz vor einem Höhepunkt war, zog er seinen Schwanz heraus, um ihn wenig später wieder ganz langsam und behutsam einzuführen. Das ging bestimmt fast eine halbe Stunde so, bevor wir dann zur gleichen Zeit kamen. Kein wilder, zügelloser Orgasmus, nein, ein inniger, leise kommender Höhepunkt voller Zärtlichkeit.

Danach legten wir eine Pause ein und ließen uns von den Gespielinnen verwöhnen. Sie massierten uns, es war aber keine wirkliche Massage, eher ein Streicheln, das einen langsam wieder auf Touren brachte. Das Spiel begann von vorn, beziehungsweise von hinten. Ich kniete vor Scheich Khalid und er drang ganz langsam und zärtlich in mich ein, dabei berührte er mit einem Finger meinen Kitzler. Das machte er, bis ich stöhnte und zum Höhepunkt kam.

Das Ganze war einfach nur schön – keine Hektik, kein Stress, nicht brutal, nur zart und liebevoll. Ein Wunder war geschehen, denn so zärtlich, liebevoll und erfüllend war es noch mit keinem Mann gewesen – ich konnte mich glatt in ihn verlieben ...

Langsam entzog er sich meiner Muschi, streifte einen Morgenmantel über und half mir auf. Ich stand vor ihm und harrte der Dinge, die da kommen sollten. Eine der Gespielinnen reichte ihm ein Etui. Er öffnete es, zum Vorschein kam ein Brillantcollier von seltener Schönheit. Er legte es mir um, dann küsste er mich heiß und innig. Ich dachte, mir schwänden wieder die Sinne.

Ich fühlte mich gut, reich beschenkt. Keinen Augenblick wäre ich auf die Idee gekommen, er würde mich für diese Nacht bezahlen. Ganz anders, als bei seinem Bruder, dem hätte ich es vor die Füße geworfen, bei dem fühlte man sich fast missbraucht. Warum musste ich in diesem Augenblick an dieses Sexmonster denken? Nach einem tiefen Blick in meine Augen verschwand er.

Zwei der schönen Mädchen führten mich in ein prächtiges Bad, badeten mich nach allen Regeln der Kunst und kleideten mich an.

Der Wagen fuhr vor und sie brachten mich gemeinsam ins Hotel. Am liebsten hätte ich sie mit in meine Suite genommen, von den beiden würde ich mich gern mal vernaschen lassen. Die hatten bestimmt einiges drauf.

11. Möchte Gern Ficker

Als ich sehr früh am Morgen erwachte, hatte ich einige wirre Träume gehabt, teils wunderschön, teils schrecklich.

Scheich Hassan überraschte mich mit seinem hübschen Bruder. Er ergriff ihn und warf ihn in ein riesiges Becken, in dem Haie schwammen. Er fiel über mich her. Sein riesiger Schwanz bohrte sich in meine Muschi, der Schmerz war kaum zu ertragen. Er bohrte und bohrte in mir herum, bis es ihm kam. Anschließend musste ich mich, wie in einer Turnhalle, in zwei Ringe setzen, meine Beine gingen weit auseinander. Zwei riesige Kerle ließen mich in meinen Ringen so weit herunter, dass meine Möse weit geöffnet vor seinem unheimlichen Penis schwebte. Die beiden bösen Kerle zogen mich etwas zurück, dann sauste ich mit raschem Tempo auf das Sexmonster zu, sein Riesending fuhr wie ein Torpedo in meine Muschi ein. So schaukelten sie mich immer hin und her. Der Riesenpenis ging rein und raus, es tat nicht weh. Als er fertig war, machten die beiden Kerle sich einen Spaß daraus, mich weiter zu vögeln. Der Erste machte es wie sein Herr, indem er mich in den Ringen nahm, den Zweiten musste ich reiten wie ein Pferd. Als auch der genug hatte, kam sein Herr und warf mich in das Haibecken zu seinem Bruder.

Davon wurde ich wach. Meine Muschi schäumte vor Lust. Schnell wankte ich ins Bad ...

Es stellte sich heraus, dass es heute keine Verhandlungen gab, da Scheich Mohammed sich bereit erklärte, die Verträge morgen zu unterschreiben. Danach würde es ein rauschendes Fest geben, zu dem er alle abholen würde.

Also legte ich mich auf meine Terrasse und ließ die Verhandlungen der letzten Tage im Geist an mir vorüberziehen. Ich war ein bisschen stolz auf mich, die Verhandlungen aus eigener Kraft, mit eigenem Wissen geschafft zu haben, ohne meine Muschi zu Hilfe nehmen zu müssen. Die Entscheidung über die Zusammenarbeit mit unserer Reederei hatte der Scheich garantiert ohne seine Söhne getroffen. Er war Alleinherrscher, seine Söhne bei den Verhandlungen reine Staffage. Meine Muschi hätte also weder nützen noch schaden können.

Ich schlief ein, träumte ein bisschen, bis mich das Telefon weckte. Es war Nadja, die ich ins Sexleben zurückgeholt hatte und war mir sicher, dass sie jetzt wirklich Spaß daran hatte.

»Hallo Anna, wie geht es dir?«, fragte sie.

»Hallo Nadja, schön dass du anrufst. Gut geht es mir. Die Verträge sind unter Dach und Fach und werden morgen unterschrieben. In ein paar Stunden kommt mein Mann. Ich werde ihn am Flughafen abholen. Mal sehen, was er nach dem Vertragsabschluss vorhat. Vielleicht bleiben wir, wenn du Lust hast, noch ein paar Tage hier. Du hast ja noch Semesterferien.«

»Das ist super, Anna. Aber ich muss dich dringend sprechen.«

»Okay, dann komm. Ich sitze auf meiner Terrasse. Eine gute halbe Stunde habe ich noch Zeit.«

Sie erschien, strahlte mich an und sagte: »Was ich dir jetzt erzähle, wirst du mir bestimmt nicht glauben! Gestern am frühen Abend wollte ich das Hotel verlassen und wer, glaubst du, kam mir entgegen? Unser kleiner Möchtegernficker, den wir gemeinsam entjungfert haben. Er blieb wir angewurzelt stehen, bekam einen Kopf, so rot wie eine Tomate. ›Hallo‹, rief ich ihm entgegen, ›lange nicht gesehen. Hast du Lust auf einen Kaffee?‹ Er sagte, dass seine Eltern warten würden. Ich hatte sie aber wegfahren sehen und sagte ihm das. Er fiel aus allen Wolken. So schlug ich vor, gemeinsam auf seine Eltern zu warten, hakte mich bei ihm unter und schleppte ihn zum Lift. Er setzte sich auf die Couch, ich bestellte Kaffee. Im Bad zog ich für alle Fälle meinen Slip aus, war also unten ohne. Es klopfte an der Tür, der Zimmerservice brachte den Kaffee und rollte den Serviertisch direkt an den Couchtisch. Als der Kellner weg war, stand ich auf, stellte mich so, dass er mich von hinten sah. Ich bückte mich, tat, als wenn ich etwas aufheben wollte. Jetzt sah er alles, was ich so zwischen den Beinen habe und wurde knallrot. Ich kam hoch und fragte ihn, was er zuerst wollte, Kaffee oder mich? Er hätte nicht so viel Zeit für beides, also entschied er sich für Kaffee, der Blödmann! Ich ignorierte das, rollte den Serviertisch zur Seite, setzte mich neben ihn und knöpfte ihm die Hose auf. Sein Schwänzchen war nur halbsteif, was ich aber schnell änderte. Bevor er steil in die Höhe stand, stellte ich mich breitbeinig vor ihn und lud ihn ein, einmal bei mir zu schnuppern. Er tat das ganz vorsichtig. Ich wollte aber mehr und nahm seinen Kopf in beide Hände, drückte dann sein Gesicht ganz fest zwischen meine Schenkel. Er schnaufte wie ein Walross, als ich seine Nase in meine Möse steckte und mich daran rieb. Seine Zunge steckte er aber nicht rein. ›Das machen wir später‹, dachte ich und legte mich auf den Rücken, wobei ich ihn auf mich zog. Sein Schwänzchen war inzwischen gewachsen. Er wusste jetzt auch, wie und wo man es hineinstecken konnte und das tat er denn auch. Nur schade, er war so erregt ... Nach drei-, viermal hin und her kam er schon. Das Schwänzchen wurde wieder halbsteif und ich hatte sehr viel Mühe, es wieder aufzublasen. Es gelang aber, und noch vor der Vollendung spritzte er mir die ganze Ladung in den Mund. Ich war wütend, ließ mir aber nichts anmerken. Er wollte jetzt gehen. Bevor er aber aufstehen konnte, saß ich auf ihm und sagte, dass er jetzt dran wäre, nachdem ich so schöne Sachen mit ihm gemacht hätte. Also kniete ich mich über sein Gesicht, ging tiefer herunter und befahl ihm, jetzt seine Zunge in meiner Muschi zu bewegen. Gern tat er das wohl nicht, aber er tat es. Immer, wenn er aufhören wollte, setzte ich mich auf ihn, bis er nach Luft schnappte. Er begriff recht schnell: Wenn er nicht leckte, gab es keine Luft! Auf diese Weise kam ich zu zwei ordentlichen Höhepunkten. Ich wollte ihn schon zu seinen armen Eltern, die inzwischen eine Stunde auf ihn warteten, entlassen, da entdeckte ich, dass sein niedliches Schwänzchen wieder kerzengerade in die Höhe ragte. Da konnte ich nicht widerstehen. Ich sattelte das Pferd und machte noch einen schönen Ausritt. Das dauerte diesmal etwas länger, wofür er von mir ein dickes Lob erntete. Als ich meinen Orgasmus hatte, ritt ich noch so lange weiter, bis er auch noch einmal kam. Voller Freude leckte ich sein Schwänzchen ab. Schnell zog er sich an und dann ging es ab zu Mama und Papa. Dort muss es ziemlichen Stress gegeben haben. Dass ihr Jüngelchen nicht pünktlich zu einer Verabredung kam, war etwas ganz Neues. Sie haben ihn wohl so streng ins Verhör genommen, dass er anscheinend alles erzählt hat, was ich mit ihm gemacht hatte. Plötzlich klopfte es lautstark an meiner Tür. Ich war gerade aus der Wanne gekommen, hatte nur meinen Bademantel an und öffnete. Da stand sein wutentbrannter Vater und stürmte, ohne zu fragen, herein. ›Was hast du kleines Biest mit meinem Sohn gemacht?‹, polterte er los und ich erwiderte nur gelassen: ›Wir haben gevögelt.‹ Er war wütend und schrie herum: ›Du konntest nicht genug kriegen, deshalb musste er dich lecken. Aber er mag das nicht, weil er es noch nie gemacht hat.‹ Ich ließ mich nicht von ihm beindrucken und sagte nur locker: ›Dann wird es aber langsam mal Zeit. Außerdem hat er es schon ganz gut gemacht. Schick ihn öfter zu mir, dann wird er bald ein guter Ficker.‹ Und genau darüber wollte er mit mir reden. Währenddessen öffnete er mit flinken Fingern meinen Bademantel, streichelte meine Titten und küsste sie. Das machte er so gekonnt, dass mir ganz heiß wurde. Ich knöpfte seine Hose auf, ein strammer Max sprang mir entgegen. Den nahm ich sofort in Angriff, bearbeitete ihn mit beiden Händen, bevor ich ihn mir einführte, indem ich mich auf ihn setzte. Das war dann schon der zweite Ritt des Tages. Er atmete schwer und kniff mich in den Hintern. Nach einer Weile kam er. Ich setzte mich auf sein Gesicht, genau wie vorher bei seinem Sohn. Er biss leicht und gekonnt in meinen Kitzler und zog ihn durch eine kleine Zahnlücke. Lecken konnte er wie ein Weltmeister.

Nach wenigen Augenblicken hatte ich noch einen Höhepunkt. Zur Belohnung blies ich ihm noch einen. Er schlug mir, kaum dass er gekommen war, ein Geschäft vor. Ich sollte mein Medizinstudium schmeißen, seinen Sohn heiraten, in sein Geschäft einsteigen und hätte ausgesorgt. Und wenn ich ab und zu einmal richtig durchgefickt werden wollte, dann bräuchte ich nur zu ihm kommen. Seiner Frau würde ich auch gefallen, die würde es bestimmt ab und zu auch gern mit mir treiben, aber auch ein flotter Dreier wäre von Fall zu Fall von seiner Seite nicht zu verachten. Ich habe ihn rausgeworfen. Noch im Gehen rief er, ich sollte es mir überlegen und ich würde es nicht bereuen ... Was sagst du zu sowas, Anna?«

»Klingt ziemlich verfickt ...! Aber ich muss jetzt zum Flughafen, meinen Mann abholen. Wir unterhalten uns übermorgen in aller Ruhe, okay?!«

Nadja verschwand lächelnd. »Okay, dann bis übermorgen.«

Was hatte ich nur aus der kleinen verschüchterten Nadja gemacht? Sie war dabei, fest in meine Fußstapfen zu treten. Konnte ich das überhaupt verantworten?

Als ich den Flughafen betrat, war die Maschine, mit der Frank kam, schon gelandet. Es dauerte nicht lange, da entdeckte ich Frank und winkte ihm zu. Er zog zwei Koffer hinter sich her. Daraus war zu schließen, dass er eine Zeit lang hierbleiben würde. Er sah mich und winkte erfreut.

»Schön, dass du da bist«, sagte er gut gelaunt und drückte mir einen leichten Kuss auf die Wange.

Im Hotel angekommen, fragte mich Frank, wie es gelaufen war und wie es nun weiterginge. Ich erzählte ihm von den Verhandlungen und dass ich auch ein bisschen stolz auf mich war, dass morgen die Unterzeichnung und danach das große Fest stattfinden würde.

Frank war müde, wollte sich auf dem Zimmer ausruhen und danach mit mir etwas essen. Am liebsten Fisch auf unserer Terrasse. Sichtlich erschöpft wankte er ins Schlafzimmer.

Ich erledigte noch diverse Telefonate, ehe ich mich in den Wellnessbereich begab, um ein wenig zu relaxen.

***

Pünktlich um acht Uhr trafen wir uns auf unserer Terrasse und nahmen ein köstliches Mal zu uns.

Als wir fertig waren, faltete Frank seine Serviette und sagte: »Meine liebe Anna, ich wollte dir sagen, dass du hervorragende Arbeit geleistet hast. Du hast bewiesen, dass du eine gute, gewissenhafte Mitarbeiterin bist. Durch deine geschickte Verhandlungstaktik hast du der Reederei viel Geld eingebracht und das soll sich für dich bezahlt machen. Außerdem würde ich mich freuen, wenn du der Firma als Geschäftsführerin zur Verfügung stehen würdest. Was nicht heißt, dass du täglich in der Zentrale der Reederei verbringen sollst, sondern eher, dass du den Posten deiner Vorgängerin Louisa Hockman übernehmen könntest.« Er sah mich erwartungsvoll an.

Ich war zu überrumpelt von all den Neuigkeiten, um etwas sagen zu können.

Also fuhr er fort: »Es wird ein interessantes Leben für dich werden. Die meiste Zeit wirst du in der Welt herumfliegen oder auf einem unserer Schiffe auf dem Meer verbringen, um unsere Schiffe und deren Kapitäne, sowie die leitenden Mitarbeiter zu betreuen. Das ist eine Aufgabe, die dir ein Luxusleben in Hotels und auf unseren Schiffen beschert und bei der genügend Freizeit vorhanden sein wird.«

Ich nickte mit erhitztem Gesicht.

»Sag mal, verstehst du dich eigentlich mit Louisa Hockman?«

»Ja, recht gut sogar.«

Frank kratzte sich am Kopf. »Sie ist ja nun eine der Angestellten des Scheichs ... Es kann also nur zum Vorteil sein, wenn wir eine Frau in dieser Position beim Scheich haben, und uns gut mit ihr verstehen.« Frank sah mich prüfend an und fuhr fort: »Ich werde morgen Abend noch das Fest beim Scheich besuchen. Um elf Uhr abends fliege ich nach Spanien und in einer Woche bin ich wieder zu Hause. Dann können wir über alles noch mal reden. Übrigens, ich wollte dich bitten, ob du mit unseren Mitarbeitern noch drei Tage hierbleiben könntest. Als Motivation sozusagen. Vielleicht könnt ihr auch ein paar Ausflüge machen. Hättest du dazu Lust?«

»Ja, Frank, ja. Vielen Dank! Ich bleibe natürlich sehr gern. Und auch den Posten würde ich unheimlich gern übernehmen. Oh, Frank ... Du bist so gut zu mir, ich weiß nicht, wie ich dir danken soll!«

Ich musste weinen. Frank nahm mich in die Arme und küsste mich. Lange Zeit saßen wir so beieinander und hielten uns fest. Dann löste er sich mit den Worten: »Ich freue mich, dass du dich dafür entschieden hast. Ich kann mir keine Bessere vorstellen. Gute Nacht, mein Schatz.«

»Gute Nacht, Frank«, schniefte ich glücklich.

***

Am nächsten Morgen stellte ich fest, was ich schon seit Jahren nicht mehr erlebt hatte: Meine Muschi hatte sich nicht ein Mal gemeldet! Vielleicht halfen mir meine neuen Aufgaben, sexuell etwas ruhiger zu werden. Letztendlich konnte das Leben nicht nur aus Sex bestehen.

Frank kam in den Salon, wo man schon ein reichhaltiges Frühstück serviert hatte. Danach gingen wir gemeinsam, wie sich das für ein Ehepaar ziemt, in den Konferenzraum, wo sich unsere Mitarbeiter bereits eingefunden hatten. Frank dankte allen für ihre gute Arbeit und lud sie für die besagten drei Tage ein, noch in Dubai zu bleiben und ein wenig Urlaub zu machen.

Die Mitarbeiter waren begeistert und bedankten sich überschwänglich.

Der Scheich betrat kurz darauf den Raum. Ihm folgten seine Söhne, die ihre Blicke nicht von mir lassen konnten. Ich wurde sofort wieder auf beide scharf.

Nun endlich wurden die Unterschriften geleistet und innerhalb weniger Minuten waren die Verträge unterschrieben. Frank leitete das Ganze durch eine kurze Ansprache ein, die vom Scheich erwidert wurde.

Danach folgte ein festliches Essen mit sechs Gängen. Es war fantastisch und unglaublich exotisch.

Nach zwei Stunden verabschiedeten wir uns und fuhren zurück ins Hotel, wo sich Frank zurückzog, um auszuruhen. Mir aber war nicht nach ausruhen, ich brauchte jemanden, um ein heißes Nümmerchen zu schieben – fragte sich nur, wen ... Schade, dass jetzt nicht mein Gärtner oder der Chauffeur hier waren, oder beide! Da kam mir eine Idee: Ich holte mein bekanntes Schnellfickerhöschen aus dem Schrank, das mit dem größten Penis. Als ich es anzog, und der geschmeidige Pimmel in meiner Muschi versank, lief mir ein wohliger Schauer über den Rücken.

So ging ich los. Erst zum Lift und dann durch die riesige Hotelhalle. Als ich beim Ausgang ankam, zitterte ich leicht, mein erster Orgasmus war unterwegs. Es schüttelte mich einmal kurz durch. Ich presste die Lippen aufeinander, damit niemand mein leises Stöhnen wahrnahm, dann war es geschehen. Ich musste völlig verklärt geguckt haben, denn ein Pärchen schaute mich komisch an, schließlich lächelten sie.

Ich ging weiter, und schon wurde meine Muschi munter. Nach zwei Minuten schüttelte es mich wieder – oh, wie schön!

Ich machte einen kleinen Bogen, dann stelzte ich zurück zum Hotel. Kurz bevor ich es erreichte, kam es mir noch einmal, zwar nicht mehr so stürmisch, aber es war ein kleiner, niedlicher Höhepunkt.

Jetzt reichte es! Ich betrat meine Suite, zog mein Wunderhöschen aus, legte mich in einen großen Sessel und liebkoste meine Muschi, bis ich einschlief.

***

Als ich wieder wach wurde, zog ich zwei Finger aus meiner Muschi und ging ins Bad, um mich frischzumachen und mich festlich anzuziehen. Als ich fertig war, erschien Frank und machte mir Komplimente über meine Erscheinung. Dann fuhren wir los.

Neben einem riesigen Luxusgefährt stand Scheich Khalid. Er begrüßte uns freundlich, mich sogar mit Handkuss, und half mir in den Wagen. Meine Muschi weinte ein paar Sehnsuchtstränchen.

Als wir beim Palast ankamen, wirkte es wie bei einem Staatsempfang: Scheich Mohammed mit seinem Sohn Hassan empfing uns an dem riesigen Portal, eine flotte Band empfing uns mit amerikanischer Jazz-Musik und bezaubernd schöne Frauen umrahmten das Ganze.

Der Scheich hielt eine kurze Ansprache, dann brachen wir auf, in den Speisesaal. So etwas von Pracht hatte ich noch nicht gesehen. Goldene Lüster schwebten an der Decke, kostbare Tapeten an den Wänden, Gobelins von einmaliger Schönheit, alles unbeschreiblich kostbar und prunkvoll.

Eine Speisefolge nahm ihren Anfang mit köstlichen Gerichten, die ich zum Teil noch nie gesehen hatte. Fast vier Stunden dauerte dieses verschwenderische, exotische, aber wunderbare Abendmahl.

Zwischendurch gab es Pausen, die durch Bauchtanz, Zauberei und einen Schlangenbeschwörer verkürzt wurden. Anschließend gingen wir in den riesigen Park, wo ein atemberaubendes Programm auf uns wartete: Kamelreiter rasten in erschreckendem Tempo an uns vorbei, Feuerschlucker zeigten gewagteste Kunststücke, man glaubte fast, sie würden verbrennen.

Um Mitternacht gab es ein Feuerwerk, das alles übertraf, was ich je gesehen hatte, und es dauerte fast eine Stunde. Köstliche Getränke, die ich noch nie in meinem Leben probiert hatte, wurden serviert. Wir verfielen in einen Rausch, in eine Euphorie, wie es wohl nur im Orient möglich war ...

Bei Sonnenaufgang fuhren wir zurück ins Hotel. Unser neuer Partner Scheich Mohammed und seine Söhne würden uns in drei Wochen in Amerika besuchen kommen, sagten sie.

Frank ging ins Bad, um sich frischzumachen und sich umzuziehen. Auch ich hatte das nötig. Wir frühstückten auf der Terrasse, anschließend brachte ich ihn zum Flughafen. Es war unglaublich, dass wir beide so fit waren – wahrscheinlich lag es an Tausendundeiner Nacht ...

Nach einem herzlichen Abschied setzte ich mich in eine Taxe und fuhr zurück zum Hotel. Ich ging ins Bett und schlief sofort ein.

Ein berauschendes Feuerwerk erschien mir im Traum. Scheich Mohammed erschien inmitten bunter Flammen, dann tauchte an gleicher Stelle Scheich Hassan auf. Mit einem hässlichen Lachen verglühte er in den Flammen. Scheich Khalid glitt vom Himmel herab, legte sich auf mich und drang tief in mich ein. Er küsste mich leidenschaftlich und schenkte mir einen nicht enden wollenden Höhepunkt, bis sein böser Bruder kam, ihn von mir riss und sein riesiges Rohr in mich hineinstieß. Mir blieb fast die Luft weg. Dann aber kreiste mein Po wie wild und ich verkrallte mich in seinem Rücken. Der Orgasmus, der jetzt kam, war wie ein Feuersturm. Einen Augenblick später packte er mich, schüttelte mich wild – und ich erwachte.

Dass die Träume wie echt wirkten, merkte ich daran, dass meine Muschi zitterte und das Laken durch und durch feucht war. Meine Muschi war eine echte Feuchtoase.

Es klopfte an der Tür. Ich drückte auf den Türöffner und Nadja erschien. Sie lächelte, zog sich aus und legte sich zu mir. Erst küsste sie meine Möpse, bis sie ganz hart waren, dann ging sie mit zwei Fingern in meine Muschi und zauberte darin herum, bis ich stöhnte. Im Nu waren wir beide so heiß, dass es uns direkt kam. Wir setzten das geile Spielchen fort, indem wir uns in die 69er-Stellung legten, uns gegenseitig unsere Mösen aufbliesen und an den Kitzlern knabberten.

Das ging eine ganze Weile so, bis es wieder an der Tür klopfte.

»Nicht aufmachen«, flüsterte Nadja, »leck weiter!« Dabei steckte sie ihre Zunge in meinen Po und zwei Finger in meine Muschi.

Ich zitterte vor Erregung und ein weiterer Orgasmus schüttelte mich durch. Auch ich steckte meine Zunge in ihr Buhloch und rührte in ihrer feuchten Möse herum – es war eine Wonne!

Als wir rundherum fertig waren, gingen wir kurz unter die Dusche und setzten uns dann auf die Terrasse. Dort ließen wir uns orientalisches Gebäck und Mocca bringen. So dösten wir bis zum Abendessen vor uns hin, streichelten uns hier und da und waren glücklich und zufrieden.

Ich rief Jane Adams an und bat sie, allen Mitarbeitern mitzuteilen, dass wir morgen in der Frühe in die Wüste ausreiten würden. Sie willigte ein.

Nach dem gemeinsamen Abendessen mit Nadja, machten wir beide noch einen längeren Spaziergang. Wir landeten in der Hotelbar, wo wir unser vervögeltes Ehepaar und ihren Möchtegernficker-Sohn trafen. Nach einigen Drinks verzog sich Nadja mit dem Sohn auf ihr Zimmer.

Ich ging noch ein Stündchen mit zu den beiden Eltern in ihre Suite, wo seine Frau und ich ihn gekonnt fix und fertig vögelten und bliesen. Er konnte nicht mehr Piep sagen und bekam kaum noch Luft – was ja auch verständlich war, wo er doch fast eine Stunde in unseren Fotzen herumschlecken musste und dabei in der jeweils anderen Möse mit seinem Penis herumstochern musste. Ich habe selten einen Kerl gesehen, den zwei Weiber in einer Stunde so k.o. bekommen hatten.

»Das war wohl unsere letzte gemeinsame Fickerei«, sagte er, als ich beide verlassen wollte. »Wenn du morgen aufstehst, sind wir schon abgereist. Unsere Maschine fliegt sehr früh. Hoffentlich ist unser Sohn bis dahin wieder fit.«

Als ich in meine Suite kam, lag Nadja in meinem Doppelbett und schlief tief und fest.

***

Am nächsten Morgen erzählte Nadja mir, dass ihr Möchtegernficker wohl langsam zum Mann geworden ist.

»Er hat in mir herumgevögelt und geleckt, dass ich kaum noch gehen konnte. Bitte sei nicht böse, dass ich nicht mit in die Wüste reite, meine Muschi würde das nicht überleben«, gestand sie.

Natürlich war ich nicht böse, ich wusste doch, wie das war, wenn man gevögelt hatte, bis man nicht mehr konnte.

***

Meine Delegation war von dem Wüstenritt begeistert. Selbst für mich war es eine Erfahrung der besonderen Art. Auch wenn ich es gern mit dem einen oder anderen Kameltreiber getrieben hätte. Eine Palme hätte uns sicher ein wenig Deckung geschenkt. Aber ich war erschöpft, sodass nichts dergleichen passierte.

Schon am nächsten Morgen ging unser Flug zurück in die USA. Ich konnte kaum glauben, dass die schöne Zeit in diesem exotischen Land ein Ende gefunden hatte. Ich war mir nicht sicher, wann ich hierher zurückkehren würde, aber eines wusste ich auf jeden Fall: Hier war ich nicht zum letzten Mal.

12. Zu Hause fickt sich's am besten

Ich freute mich auf meinen Chauffeur! Und ich wurde nicht enttäuscht, denn Burt stand bereits am Flughafen, begrüßte mich freundlich und seine Augen leuchteten, als wenn er vor meinem Bett stünde.

Er sagte: »Falls Sie mit einem Empfang wie nach der letzten Reise gerechnet haben, muss ich Sie leider enttäuschen. Dave liegt mit hohem Fieber im Bett. Ich werde mich aber gern bemühen, ihn voll zu ersetzen.«

»Ich hatte nicht die Absicht, meine beiden Sexsklaven zu bemühen. Aber jetzt, wo Sie es erwähnen, sollten wir es doch versuchen. Allerdings nicht wie nach der letzten Reise, sondern gleich jetzt hier im Auto. Fahren Sie in den nächsten Waldweg und parken Sie.«

Gesagt, getan. Der Wagen hielt und Burt zog sich aus. »Wie hätten Sie es denn gern?«

»Frag nicht so dumm«, antwortete ich und zog meinen Slip aus. Ich ließ die Lehne zurückfahren und spreizte die Beine. »Gib meiner Muschi zur Begrüßung einen dicken Zungenkuss und dann knall dein Ding rein und vögle mich bis in alle Ewigkeit.«

Der Zungenkuss war lang und intensiv, er brachte meine Muschi und mich fast zum Wahnsinn. Als Burt meinen ersten Höhepunkt spürte, stürzte er sich auf mich und rammelte seinen herrlichen Schwanz mit Schwung in mich hinein – oh, wie herrlich! Ich muss mal wieder feststellen: Zu Hause fickte es sich am besten! Würde mich jetzt Dave noch von hinten nehmen, wäre alles perfekt. Ich wollte aber nicht undankbar sein, denn Burt machte seine Sache, wie immer, sehr gut.

Nach einer Weile bat ich ihn, sich unter mich zu legen. Ich setzte mich auf ihn, nahm sein Ding in die Hand und ließ es ganz langsam in mein Buhloch gleiten. Ich bewegte mich langsam auf und ab. Er steckte seinen Mittelfinger in meine Muschi und rührte leicht darin herum, jetzt war es fast so, als ob Dave mit von der Partie wäre. Burts Finger war ungefähr so dick wie Daves Schwanz, nur nicht so lang.

Nachdem wir genug gesexelt hatten, fuhr Burt nach Hause. Es wurde auch Zeit, dass ich ins Bett kam. Auf dem Flug hatte ich kein Auge zugetan und jetzt war ich fix und fertig. Während Burt die vier Koffer nach oben wuchtete, duschte ich schnell und legte mich splitternackt ins Bett, wo ich sofort in den Schlaf hinüberglitt. Ich spürte noch, wie mein smarter Chauffeur meine Muschi heiß und innig küsste. Ein wohliger Schauer überfiel mich, aber für mehr reichte es nicht. Ich legte mich auf die Seite und merkte, wie Burt mich von hinten noch einmal vögelte, dann war ich endgültig im Schlaf versunken.

***

Erst nach vierzehn Stunden wurde ich wieder wach. Was ich als erstes sah, war Dave, mein Gärtner. Er steckte frische Blumen in eine Vase. Schlaftrunken holte ich ihn mir ins Bett, streckte ihm meinen Hintern entgegen und er vögelte mich, wie gewohnt, in meinen schönen Popo. Er schien noch Fieber zu haben, sein langer Schwanz fühlte sich an wie ein Tauchsieder. Gleichzeitig küsste er meinen Rücken und steckte zwei Finger in meine Muschi. Zwei Höhepunkte folgten hintereinander und schon schlief ich wieder ein.

Das Telefon weckte mich.

Nadja war dran. »Ich wollte mal hören, wie es dir geht, Anna. Ich bin wie gerädert, möchte überhaupt nicht aufstehen.«

»Dann bleib doch einfach liegen«, antwortete ich. »Ich stehe gleich auf, nachdem ich von meinen beiden Männern, dem Chauffeur und dem Gärtner in bester Manier bedient worden bin. Ich sag ja immer: Am schönsten fickt es sich zu Hause!«

»Ich bin ganz neidisch«, gab Nadja zu. »Wenn ich ausgeschlafen habe, werde ich mir auch einen Kerl besorgen, aber jetzt brauche ich noch ein paar Stunden Schlaf, denn ab morgen muss ich mich auf das neue Semester vorbereiten. Am liebsten, wenn ich vorher wenigstens einmal gevögelt habe. Wenn alle Stricke reißen, musst du mir mit deinem Chauffeur aushelfen.«

»Kein Problem«, antwortete ich. »Der wird dir gern behilflich sein. Er ist einer der strammsten Ficker in der Umgebung. Als Zugabe solltest du dir auch noch den Gärtner genehmigen. Er ist der beste Arschficker weit und breit. Wenn du es mit beiden in Form eines flotten Dreiers treibst, wirst du ein unvergessliches Erlebnis haben. Komm am besten morgen Vormittag gegen zehn Uhr, denn ich muss dringend in die Reederei und so hast du hier freie Auswahl.«

»Okay«, sagte sie mit zittriger Stimme. »Ich bin pünktlich.«

Bei dem Gedanken an die drei wurde mir wieder ganz anders, aber weder Burt noch Dave waren im Haus. Ich verwarf den Gedanken und rief meine geliebte Pastorin an, um ihr mitzuteilen, dass ich wieder da war.

Susan freute sich. »Wie schön! Wann sehen wir uns?«

»Morgen früh muss ich in die Reederei, da werde ich den ganzen Tag zu tun haben, aber abends rufe ich dich an.«

Susan lachte laut. »Was machst du nur den ganzen Tag in der Reederei? Gibt es einen strammen Kapitän zu vernaschen? Da solltest du mich aber mitnehmen!«

»Falsch gedacht«, erwiderte ich und erzählte ihr von Dubai und der Entscheidung meines Mannes Frank.

»Und was wird aus mir?«, fragte Susan.

Ich musste lachen. »Erstens: Mit deiner aufregenden Figur, deinem herrlichen Arsch, deinen strammen Titten und deiner flinken Zunge wird es dir an Männern oder Frauen nie mangeln. Zweitens: Dein junger Organist himmelt dich an und wird dich vögeln, so oft du willst. Außerdem kenne ich von meinem Besuch in der katholischen Kirche noch diesen jungen Priester, den ich vernascht hatte, und der ist auch nicht ohne! Allerdings muss er noch etwas zurechtgefickt werden ... Und drittens: Glaubst du wirklich, ich würde auf die heißeste Freundin, die ich habe, mit einem Arsch, bei dessen Anblick mir das Wasser im Munde zusammenläuft, mit Titten, die ich Tag und Nacht streicheln und küssen möchte, mit einer Möse, in der ich dauernd mit meiner Zunge herumwühlen würde, verzichten? Jetzt habe ich mich selbst ganz verrückt gemacht. Schwing dich in dein Auto und komm sofort zu mir. Ich werde dich verschlingen.« Ich zitterte vor Wollust am ganzen Leib. Hoffentlich beeilte sie sich, sonst würde ich verrückt werden.

Ich ging ins Bad und duschte so kalt wie möglich. Jetzt zitterte ich vor Kälte. War aber besser, so blieb ich frisch für Susan.

Schon bald traf sie ein. Wir umarmten und küssten uns, rissen uns die Kleider vom Leib und ab ging die Post! Wir küssten uns zärtlich, dann immer wilder, rieben unsere Muschis aneinander, bis zum ersten Orgasmus.

Susan legte sich auf den Bauch. Ihr großer, strammer, herrlicher Arsch strahlte mich an. Sofort begann ich, ihn zu streicheln, dann etwas fester zu massieren, von den Kniekehlen bis zum Rücken. Sie stöhnte vor sich hin und langsam öffneten sich ihre gewaltigen Schenkel, die ich jetzt innen zart massierte. Meine Finger tasteten sich in ihre Prachtvagina, wo sie ein Feuer entfachten. Meine Zunge verirrte sich ein Loch weiter, wühlte darin herum, bis Susan mit einem Aufschrei explodierte. Dieser Orgasmus erschütterte sie so sehr, dass sie in sich zusammenfiel.

Ich bot ihr meine Möse an, und sie vergrub ihr Gesicht darin. Ihre Zunge wieselte in ihr herum, bis auch ich zitterte und mich ein riesiger Orgasmus durchschüttelte.

Nachdem sich der erste Sturm gelegt hatte, rollte Susan mich auf den Bauch, kniete sich über mich und begann eine leichte, zärtliche Streichelmassage von Kopf bis Fuß. Ich verging fast vor Wonne. Fast wäre ich wieder gekommen, aber da drehte mich Susan auf den Rücken und wiederholte das Ganze vorn. Sie streichelte meinen Hals, tastete sich über mein Gesicht, streichelte meine Brustwarzen, die ganz fest wurden, und massierte dann meinen Bauch. An meiner Muschi schlich sie sich vorbei, liebkoste meine Schenkel erst von außen, dann von innen und wanderte mit ihrer Zunge darüber. Meine Schenkel öffneten sich wie von selbst und schon war sie mit der Hand in meiner Muschi. Sie bewegte sich ein wenig darin, dann zog sie die Finger heraus und kreiste ganz sacht um meine Muschi herum. Das nächste Ziel war mein Kitzler, der sich über die Berührung so sehr freute, dass ich wieder einen Höhepunkt hatte. In diesen Orgasmus steckte sie ihre Zunge in meine Muschi und leckte darin herum. Der Orgasmus, der jetzt kam, wollte kein Ende nehmen.

Als wir beide erschöpft dalagen, kam Dave. Er wollte die Blumenkästen an den Fenstern bewässern.

»Ist das dein Arschficker mit dem langen, schmalen Ding?«, wollte Susan wissen.

»Ja, das ist er«, antwortete ich. »Aber er hat Fieber. Ich glaube, das sollten wir verschieben.«

Susan lächelte. Sie kniete sich so hin, dass ihr Prachtexemplar von Arsch den Gärtner anlachte.

»Scheiß auf mein Fieber!«, rief er, zog seine Hose und sein Hemd aus, heraus kam sein ellenlanger, schmaler Prügel, den er genüsslich in Susans Buhloch einführte. Diese schrie vor Schreck auf. Ihre Möse war zwar auf Besuch eingestellt, die zweite Öffnung aber hatte nicht damit gerechnet. Das änderte sich aber sofort. Dave steckte ein paar Finger in ihre gewaltige Möse. Mit seinem langen Ding bewegte er sich hin und her.

Ich sah Susan an, dass sie sich wie im siebten Himmel fühlte, aber ich wollte auch etwas davon haben. Also legte ich mich unter ihr Gesicht, spreizte die Beine und zog ihren Kopf herunter. Voller Lust züngelte sie in mir herum. Dave fickte jetzt immer schneller in ihrem Po herum und fummelte in ihrer Muschi – es war wie im Paradies!

Als es ihm kam, fiel er um. Sein langes Ding flutschte aus Susans Prachtarsch und im gleichen Augenblick kamen wir auch. Dave schlich wie ein geprügelter Hund davon. Offenbar hatte ihn das Fieber ziemlich geschwächt. Aber wer konnte einer solchen Augenweide, wie Susan nackt von hinten, widerstehen?

13. LÖSUNGSVÖGELEI

Als ich morgens erwachte, fühlte ich mich ausgeschlafen und bereit, in der Reederei sämtliche Dinge in Angriff zu nehmen. Es lief tatsächlich unheimlich gut.

Das einzige, was mich irritierte, war die Reise von Frank nach Spanien. Niemand schien etwas Genaues darüber zu wissen. Ich beschloss, ihn anzurufen und er sagte dazu nur, dass auch ich mich gedanklich auf eine Reise nach Spanien vorbereiten sollte, denn, wenn alles gutginge, dann käme da eine interessante Sache auf uns zu. In den nächsten Tagen sollte ich Näheres erfahren.

Ich bat Burt abends, mich abzuholen und schon bald wartete er auf dem Parkplatz.

Sein Anblick machte mir Lust auf Sex. Ich stieg ein und er fuhr los. Sogleich strich ich über seinen Schenkel. Er zuckte leicht zusammen, minderte das Tempo und fuhr auf einen hellerleuchteten Parkplatz vor einem Einkaufszentrum.

»Was soll das?«, fragte ich.

»Ich dachte, Sie wollten Sex.«

»Aber doch nicht hier, vor allen Leuten!«

»Warum nicht, ist doch mal etwas anderes.«

»Und wie soll das vor sich gehen?«

»Wir steigen jetzt beide aus und stellen uns hinter den Wagen. Sie lehnen sich auf den Kofferraum, ich ziehe Ihnen den Slip herunter, knöpfe meine Hose auf und dann: Auf los geht's los!«

»Du bist verrückt! Was sollen die Leute von uns denken!« Allerdings machte mich der Gedanke, wir könnten dabei erwischt werden, richtig an. Also stiegen wir aus.

Burt holte einen langen Mantel aus dem Kofferraum und

zog ihn an. Ich beugte mich über den Kofferraum, den Slip hatte ich schon im Wagen ausgezogen. Burt knöpfte seine Hose auf, zog meinen Rock hoch und schon war er in mir. Kein Mensch beachtete uns, jeder war mit sich selbst beschäftigt. Er stieß fest zu. Ich hatte Mühe, als ich nach fünf Minuten kam, nicht zu stöhnen oder sonstige Töne von mir zu geben.

»Das machen wir jetzt öfter«, flüsterte ich in den zweiten Orgasmus hinein.

Dann zog er sein Ding aus mir heraus, verstaute seinen immer noch steifen Degen, machte eine der hinteren Türen auf und komplimentierte mich auf die breiten Hintersitze. Er setzte sich, nahm mich auf seinen Schoß und weiter ging die lustige Vögelei.

Beim dritten Höhepunkt jubelte ich. Sein Ding war jetzt viel kleiner, aber ich hatte noch nicht genug. Ich legte mich auf den Rücken, spreizte die Beine und sagte: »Jetzt tu mal so, als ob das zwischen meinen Beinen eine Tüte Eis wäre.«

Er kapierte schnell, wühlte sich mit seiner rauen Zunge in mich und leckte so lange da unten herum, bis ich um Gnade bettelte. Er hatte es mir so geil gemacht, dass sein Ding wieder steil in die Höhe ragte. Ich schnappte mir den schönsten Schwanz aller Schwänze und leckte und kaute so lange darauf herum, bis auch er nicht mehr konnte. Den letzten Akt hatten zwei junge Frauen und ein Mann beobachtet. Als ich fertig war, klatschten die drei Beifall! Das war eine ganz neue Erfahrung in meinem recht ereignisreichen Sexleben.

***

Drei arbeitsreiche Tage folgten. Oliver Simpson, Jack Clarks, Harry Taylor und ich tagten bis spät in die Nächte, ohne brauchbare Lösungen zu finden. Die Spanier gingen auf nichts ein, beharrten auf ihrem Standpunkt, obwohl ihnen das Wasser bis zum Hals stand. Ich schlief seit drei Tagen in der Reederei. Hinter meinem Büro befand sich ein bescheidener, für den Notfall eingerichteter Raum mit zwei Sesseln, recht schmalem Bett und einem Duschbad.

Heute Nachmittag hatte ich drei Stunden Pause angeordnet. Dave fuhr mich nach Hause, wo ich erst einmal in die Wanne ging, um abzuschalten. Anschließend packte ich Wäsche und Kleider ein, denn ich wusste nicht, wie oft ich noch in der Firma würde übernachten müssen. Dave brachte mich wieder zur Reederei, wo die Herren auf mich warteten.

Frank rief an und wirkte niedergeschlagen. Ich bot ihm an, zu ihm zu fliegen, um ihn seelisch zu unterstützen. Er erzählte mir, dass die Spanier für ihre drei »Rostkähne«, die eigentlich längst hätten verschrottet sein müssten, Millionen haben wollten und erwarteten, dass Franks Firma den Ersatz – drei neue Fähren – allein finanzierte. Die Majorität wollten sie aber behalten. Wenn sich da nichts änderte, wäre es vorbei. Das war wirklich heikel. Ich versprach Frank, dass ich mir mit meinen Beratern Gedanken machen würde.

Also bat ich die drei Herren herein, erzählte ihnen von der Klemme, in der wir steckten, und dass wir eine Lösung finden mussten. Wir überlegten und debattierten, fanden aber keine Lösung. So gingen wir alle etwas essen.

Ich zog mich zurück, um abzuschalten. Dave erschien und brachte meinen Koffer. Er fragte, ob ich noch Wünsche hätte.

»Ja«, rief ich. »Mach mir eine Flasche Wein auf, zieh dich aus und dann fick mich so schnell, so gut und so lange du kannst!« Schnell lief ich in mein kleines Bad und machte mich frisch für meinen Retter. Ich war so geschafft, mich konnte jetzt nur noch ein ordentlicher Fick retten.

Als Burt nach einigen Minuten mit der geöffneten Flasche

Wein ins Zimmer kam, lag ich empfangsbereit auf der Seite und streckte ihm meinen schönen Hintern entgegen. Er stellte den Wein auf einen Tisch, zog sich aus und küsste mich zwischen meine Pobacken. Dann rammte er seinen strammen Max in mich hinein, dass mir der Atem stockte. Ich bewegte mich in seinem Rhythmus und nach wenigen Augenblicken kam es uns beiden.

Ich drehte mich um, sein Ding flutschte aus meiner Möse und schon war er wieder drin. Jetzt von vorn. Er bewegte sich in mir wie ein Wilder, küsste meine Möpse und meinen Mund immer im Wechsel, bevor er seinen Schwanz aus mir herauszog und seine raue Zunge im meiner Möse vergrub.

Mitten in einem gewaltigen Orgasmus kam die Erleuchtung. »Ich hab's!«, schrie ich und stieß ihn von mir.

Burt schaute mich entgeistert an, als ob ich nicht mehr alle Tassen im Schrank hätte. »Was ist los?«, stammelte er.

»Komm mit, es beginnt eine anstrengende Nacht.« Ich zog ihn unter die Dusche, kniete mich vor ihn und blies ihm einen, dass er fast in Ohnmacht fiel.

»Und jetzt zieh dich an«, kommandierte ich. »Treibe die drei Herren auf und zitiere sie in mein Büro. Die sind entweder in der kleinen Kneipe nebenan, im Reedereicasino oder in ihren Büros.«

Burt fand sie alle. Als sie angehetzt kamen, hatte ich gerade mein Telefonat mit Frank beendet. Auf meine Frage hatte er mir geantwortet, dass er knapp dreißig Prozent der Aktien der spanischen Reederei besaß.

Wenn alles gutging, dann besäßen wir bald diese Reederei.

»Meine Herren«, sagte ich triumphierend, »ich nehme an, Sie wissen, was eine feindliche Übernahme ist! Gehen Sie in ihre Büros, kontaktieren Sie alle europäischen Börsen und kaufen Sie alle Aktien dieser spanischen Reederei auf, die Sie kriegen können. Sollten Sie bis Börsenschluss keine fünfzig Prozent erreicht haben, suchen Sie weltweit! Wenn Sie dieses Ziel erreichen, erhalten Sie eine Prämie. Außerdem bekommen Sie von mir persönlich eine vierzehntägige Seereise mit Ihrer Familie auf einem unserer Schiffe. Und nun an die Arbeit, ich erwarte stündlich Zwischenergebnisse!«

Motiviert verließen mich die drei. Burt schaute mich an, als ob ich von einem anderen Stern wäre.

»Schau nicht so dumm, hol die Flasche aus meinem Zimmer und schenk ein.«

Das tat er. Ich trank ziemlich schnell zwei Gläser leer, ich war auf Hochtouren. Wenn mir dieser Coup gelang, hatte ich mein Meisterstück vollbracht. Das würde wie ein Lauffeuer durch die Branche gehen! Ich war wie von Sinnen ...

»Burt«, rief ich, »schließ die Tür ab.«

Als er zurückkam, lag ich mit gespreizten Beinen auf meinem Schreibtisch. »Ich möchte jetzt deine raue Zunge spüren und wenn du noch kannst, deinen Schwanz.«

Als er meine Möse fast aufgeschleckt hatte, klingelte das Telefon. Oliver Simpson war dran. »Wir haben jetzt, nach einer knappen Stunde, neununddreißig Prozent. Es sieht gut aus.«

»Danke, Oliver, machen Sie weiter so!« Ich legte auf.

Burt wischte seinen Mund ab und vögelte mich noch ein bisschen, wurde aber langsam müde.

»Lass es gut sein, Burt. Mach dich frisch und dann fahr nach Hause. Ich ruf dich an.«

An Schlafen war nicht zu denken. Oliver Simpson meldete stündlich neue Erfolge. Um zwei Uhr war es geschafft. Er kam in mein Büro und verkündete: »Neunundfünfzig Prozent und noch kein Ende.«

Ich erhob mich, sagte: »Sie sind der Größte!«, und strahlte ihn an. Meine Muschi machte einen Freudentanz und ich hätte fast seine Hose aufgeknöpft.

Doch das Telefon riss mich aus meinen versauten Gedanken. Es war Frank. Er hatte ein bisschen Zeit und fragte mich, ob wir inzwischen eine Lösung gefunden hätten.

Ich strahlte und berichtete ihm stolz, was ich in die Wege geleitet hatte. Als ich fertig war, hörte ich am anderen Ende nur ein schweres Atmen.

»Ist dir nicht gut?«, fragte ich.

»Nein, mir ist nicht gut. Eine feindliche Übernahme ist so ziemlich das Schlimmste, was einer Firma passieren kann und das ausgerechnet mit meinem guten Namen!«

Ich war verstimmt. »Das Schlimmste, was passieren könnte, wäre, dass diese verantwortungslosen Reeder, falls man die überhaupt so nennen kann, weiter mit ihren schrottreifen Seelenverkäufern täglich über die Meere fahren, und tausende Menschenleben aufs Spiel setzen. Dass der spanische Staat solche Rostlauben nicht aus dem Verkehr zieht, ist mir unverständlich! In den USA wäre das nicht möglich gewesen!«

»Nun reg dich nicht auf«, versuchte Frank mich zu beruhigen.

»Ich habe gute Arbeit im Sinne der Reederei geleistet, du hast eine satte Aktienmehrheit, was bitte gibt es da noch zu hadern?« Ich war wütend und beendete genervt das Telefonat. Ich rief ich Oliver Simpson zu mir.

Etwas verschlafen kam er ins Zimmer. Ich bat ihn, sich neben mich zu setzen und erklärte ihm ganz ruhig, dass ich jetzt etwas Ablenkung brauchen würde. Er verstand sofort, als ich meinen Slip auszog. Nun hatte er keine Mühe mit seiner Zunge in meine Muschi zu kommen. Dann streichelte er meine Schenkel, ließ zärtlich zwei Fingern in meine Muschi tauchen und bearbeitete meinen Kitzler so unwiderstehlich, dass ich sofort kam.

»Zieh deine Hose aus«, stöhnte ich.

Er tat es. Ich drehte mich, sodass meine Muschi direkt vor seinem Gesicht lag und sein schöner Schwanz vor mir. Ich biss ihn ganz zärtlich von der Seite in seinen Schwanz. Er zuckte leicht zusammen, ehe seine Zunge und das halbe Gesicht in meiner feuchten Oase versanken. Wir zitterten beide vor Erregung. Unsere Zungen taten ihr Bestes, bis plötzlich eine heftige Ladung meinen Mund ausfüllte. Er legte seine Beine um meinen Kopf und sperrte mich so ein, dass ich das Ganze schlucken musste. Es schmeckte leicht nach Haselnuss.

Bevor sein Rohr klein wurde, zog ich ihn wieder auf mich. Er vögelte mich wunderbar einfühlsam, nicht so gewaltig, wie ich und meine Muschi es liebten, nein, schön langsam, zärtlich, tief hinein, bis zum Gehtnichtmehr und wieder langsam heraus.

»Ich danke dir«, hauchte ich ihm ins Ohr.

»Es war schön«, flüsterte er, bevor das Zimmer verließ.

Ich machte mich frisch und zog mich an. Kaum hatte ich einen Schluck Wasser getrunken, rief Frank an.

»Bitte versteh mich nicht falsch«, sagte er. »Feindliche Übernahmen sind zwar heute nichts Besonderes mehr, mein Ding sind sie aber nicht! Geschäftsführer müssen zurücktreten, sämtliche Angestellte werden entlassen ...«

»Frank, wir leben nicht mehr im vorigen Jahrhundert. Mit etwas gutem Willen muss niemand zurücktreten. Dem derzeitigen Geschäftsführer wird ein weiterer an die Seite gestellt, in unserem Fall könnte das Oliver Simpson sein. Er ist ein exzellenter Fachmann, spricht außer Englisch auch noch Spanisch und Deutsch, ist alleinstehend und könnte sofort umziehen.

Der derzeitige Geschäftsführer ist relativ alt, wenn der die Leitung nicht mehr übernehmen will, kann er in Vorruhestand gehen und erhält eine Abfindung. Mitarbeiter werden keine entlassen, im Gegenteil: Es werden fähige gebraucht. Die alten Schiffe werden verschrottet, in neue investiert, wobei in Los Angeles eine fast neue Fähre zum Verkauf steht und sofort eingesetzt werden kann.«

Frank schwieg. Erst wusste ich nicht, warum, doch dann hörte ich die Bewunderung aus seinen Worten: »Du bist ja viel besser, als ich dachte! Du hast schon den kommenden Geschäftsführer im Ärmel und ein fast neues Schiff im Visier! Wunderbar! Ich finde die Idee sehr gut. Bitte frag Oliver Simpson, ob er sich vorstellen könnte, nach Spanien zu ziehen und dort als Geschäftsführer tätig zu sein.«

»Mach ich«, sagte ich.

Zufrieden über das positive Telefonat, sehnte meine Muschi sich jetzt nach Befriedigung. Ich rief Oliver Simpson an und bat ihn zu mir.

Fünf Minuten später stand er in meinem Zimmer. Ich unterbreitete ihm den Vorschlag mit dem Geschäftsführerposten in der spanischen Reederei. Er war sofort begeistert.

»Das muss begossen werden, und ich habe auch schon eine Idee, wo ...«, sagte ich lächelnd.

***

Die Suite vom Hotel in der Nachbarstadt, wo Oliver und ich aufschlugen, besaß einen Whirlpool. Vorsichtig setzte Oliver mich auf einen der Strahlen und ließ lauwarmes Wasser erst in meine Muschi laufen, dann in ein Loch weiter. In dem freien Loch wieselte er mit dem Finger herum. Das hatte ich so noch nie erlebt – es war berauschend!

Dann verließen wir den Pool. Oliver küsste meine beiden

Wonnelöcher fast bis zum Orgasmus. Bevor dieser aber aus-
brach, drang er mit seinem Bilderbuchpenis hinten hinein und
fummelte vorn in meiner Muschi herum. Jetzt war ich nicht
mehr zu halten. Ich schrie und stöhnte, ein Dauerorgasmus
schoss wie ein Bündel voller Blitze durch meinen Körper.

Nun legte er mich auf den Rücken, drang wieder ganz, ganz
langsam in mich ein und genauso zog er seinen Schwanz wieder
raus. Dabei küsste er meine Brustwarzen ganz zart. Ich fing
fast an zu weinen. Ich streichelte seinen Rücken und dachte,
das durfte nie wieder vergehen. Nach einem Orgasmus, dessen Herannahen ich erst überhaupt nicht bemerkte, der aber
unbeschreiblich schön war, standen wir beide auf, legten uns
in den Whirlpool und das Spiel begann von vorn.

Als wir nicht mehr konnten, wären wir beinahe eingeschlafen. Wir krochen zusammen ins Bett und fielen in einen tiefen
Schlaf, aus dem mich am Morgen eine rhythmische Bewegung
in meiner Muschi weckte. So erwachte ich mit einem weiteren
Orgasmus.

Das kann ja heiter werden, dachte ich, während ich Olivers
schönen Johannes mit einem zärtlichen Morgenkuss begrüßte.

14. BARBEKANNTSCHAFT

So schön der zärtliche Sex mit Oliver Simpson auch war, aber
jetzt hatte ich wieder Lust auf etwas Handfestes. Einen strammen Riemen in der Muschi und ein langes Rohr in Abteilung
zwei – Herz, was willst du mehr!

Der Softfick mit Oliver war märchenhaft und ich wollte
ihn von Zeit zu Zeit immer wieder einmal genießen, aber auf
Dauer war das nicht mein Ding. Meine Möse hungerte nach

strammem Sex, wollte knallharte Schwänze spüren und das täglich und ständig.

Jetzt, wo ich an dem Schreibtisch des Hotelzimmers saß und an meine beiden Dauerficker Zuhause dachte, schwamm meine Muschi gleich weg. Schade, dass es hier in diesem Zimmer keine Bockwurst oder Fleischwurst gab, die hätte ich jetzt, schön warm gemacht, gut gebrauchen können.

Ich war so geil, ich brauchte jetzt dringend eine Dusche. Schnell zog ich mich aus und stellte mich unter die Brause. Das angenehm warme Wasser strömte über meinen Körper. Ich drehte den Strahl auf, setzte mich in das Duschbad und richtete den Strahl genau auf meine empfindlichste Stelle. Immer in kleinsten Kreisen darum herum, dann die Oberschenkel innen rauf und runter, wieder in die Möse rein, bis ich kam. Nun steckte ich meinen Finger rein und rührte so lange in meiner Muschi herum, bis ich anfing zu zittern. Jetzt wieder den Duschstrahl in die Möse, einen Finger hinten hinein und schon war ich wieder da.

Na also, dachte ich, *in höchster Not geht es auch ohne Mann.*

Ich trocknete mich ab, zog mich an und verkroch mich in meinem riesigen Schlafsessel, streichelte mich selbst zwischen meinen schönen Schenkeln und schlief ein.

Der Kerl, der mich im Traum besuchte, sah aus wie Oliver Simpson, hatte aber einen Penis wie Scheich Hassan. Ich spreizte meine Beine, bereit, das riesige Ding zu empfangen, aber es passte nicht hinein, wurde immer größer. Er grinste mich an. War es nun Scheich Hassan oder war es Oliver?

Als ich wach wurde, war meine Muschi klatschnass und ich begann unter der flauschigen Decke, mich selbst zu befriedigen. Ich ging ins Bad und machte mich frisch zwischen meinen heißen Schenkeln. Einen neuen Slip hatte ich jetzt nicht mehr, also ging ich unten ohne. War auch nicht schlecht, so konnte meine Muschi frische Luft schnappen.

Ich ging an die Hotel-Bar, wo eine hübsche junge Frau saß, und bestellte mir einen Cocktail ohne Alkohol. Dabei bemerkte ich nicht, dass mein ziemlich kurzer Rock hochgerutscht war und meine Muschi leicht hervorlugte. Aufmerksam wurde ich erst durch die schöne Nachbarin, die meine Muschi anstarrte, als ob sie nicht selbst eine solche hätte. Ich ließ mir nichts anmerken, zog den Rock auch nicht herunter, harrte nur der Dinge, die da kommen würden. Bis auf drei Gäste waren wir allein.

Wir kamen in ein belangloses Gespräch über Gott und die Welt, ich streichelte wie unbeabsichtigt meine Schenkel von innen, berührte dabei auch einmal ein ganz klein wenig meine Muschi. Fast traten der jungen Frau die Augen aus dem Kopf. Sie konnte ihren Blick nicht von meinen fummelnden Händen lassen.

Ich spreizte meine Beine ein wenig und glitt ganz sacht über meine Schamlippen. Jetzt war es um ihre Fassung geschehen. Sie flüsterte mir ihren Namen, Katharina, und noch etwas anderes auf Russisch ins Ohr und zog mich von meinem Barhocker zum Fahrstuhl. Wir hielten unsere Hände, während wir fuhren. Als sich die Tür öffnete, liefen wir raus, über den Flur zu ihrem Zimmer.

Wir legten uns in ihr Bett und sie deckte uns zu. Erst küsste sie mich ins Ohr, dann auf den Mund. Ihre rechte Hand verschwand zwischen meinen Beinen und glitt in meine Möse. Als sie merkte, dass ich anfing, mich zu bewegen, schob sich ihr Kopf unter die Decke und wühlte sich zwischen meine Schenkel. Ihre Zunge verschlang gierig meine Muschi. Sie züngelte gekonnt in mir herum und es überkam mich. Ich zitterte vor Erregung. Dann drang ich von hinten mit zwei Fingern in sie ein und auch sie wurde von einem Höhepunkt erlöst.

Wir lächelten uns erleichtert zu, ordneten unsere Kleider und gingen zurück zur Bar. Dort setzten wir uns an das hinterste Ende der Bar auf eine Bank, etwas versteckter.

Der Barkeeper wunderte sich bestimmt über unsere roten Köpfe und die neuen Sitzplätze. Katharina bestellte zwei doppelte Wodkas, die mir aber nicht schmeckten.

»Ich trinke lieber etwas Süßes«, gab ich zu.

Kess antwortete sie: »Das kannst du haben!« Und sofort orderte sie eine Schachtel Kognakbohnen. Zwei davon steckte sie sich in ihre bezaubernd schöne Möse.

»Und jetzt komm, wenn du was Süßes trinken willst.«

»Was? Hier?«, fragte ich.

»Warum nicht. Oder traust du dich nicht?«, neckte sie mich.

Ich wollte, und beugte mich zu ihrer süßen Möse hinunter, wo ich den ersten Kognak und gleich darauf den zweiten aus ihr herausschlürfte. Ich wurde ganz wild und steckte noch zwei Kognakbohnen in ihre kleine Möse, in die ich ganz verliebt war, und schlürfte weiter.

Katharina verging bald vor Wonne, ein Orgasmus jagte den nächsten. Nachdem die Schachtel halb leer war, bettelte Katharina um Gnade, sie konnte nicht mehr. Sie legte ihr hübsches Köpfchen auf meinen Schoß und schlief ein.

Ich flirtete mit dem Barkeeper und hörte mir seine lustigen Geschichten an. Auf keinen Fall wollte ich Katharina wecken.

Als sie nach einer Stunde wach wurde, lächelte sie mich schlaftrunken an und flüsterte mir zu: »So etwas habe ich noch nie erlebt, du bist wie ein Wunder!«

»Und ich habe jetzt Hunger«, sagte ich. »Lass uns ins Restaurant gehen und etwas essen.«

Während ich zur Toilette ging, bestellte sie.

»Was gibt es?«, fragte ich.

»Lass dich überraschen!«

Zuerst kam eine Flasche Champagner, dann eine riesige Portion Kaviar, zwei kleine Kalbsfilets mit Reis und Morcheln folgten. Ein köstliches Dessert schloss die Schlemmerei ab.

»Und jetzt als Krönung zwei stramme Kellner«, meinte ich.

Katharina sah mich erstaunt an. »Ich dachte, du bist lesbisch?«

»Bin ich nicht«, erwiderte ich. »Ich vögle gern mit Menschen beiderlei Geschlechts, sie müssen nur schön, scharf und ausdauernd sein!«

»Da haben wir uns wohl gesucht und gefunden. Was es doch für wunderbare Zufälle gibt!«, rief Katharina. »Ich bin von meiner schönen Cousine zwei Jahre im Bett verwöhnt worden, bevor ich den ersten Mann spüren durfte – da war ich sechzehn. Sie hat mit zwanzig geheiratet. In ihrer Hochzeitsnacht hat sie mich mitgenommen und mich von ihrem Mann entjungfern lassen. Es war himmlisch! Wir haben den armen Kerl in dieser Nacht so fertig gemacht, dass er am Morgen mit dem Notarztwagen ins Krankenhaus gebracht werden musste. Davon hat er sich nie wieder richtig erholt. Er hat sich ein Jahr später scheiden lassen, ist nach Kanada gegangen und lebt dort mit einem Mann zusammen. Meine schöne Cousine treibt sich in der Welt herum und probiert Männer und Frauen aus. Eine feste Bindung ist sie bis heute nicht mehr eingegangen. Sie ist reich und unabhängig.«

»Und was treibst du?« fragte ich sie.

»Ich bin die verwöhnte Tochter eines russischen Ölmagnaten. Mein Chemiestudium habe ich abgebrochen. Vater hat mir erlaubt, noch ein Jahr durch die Welt zu ziehen, dann beginnt der Ernst des Lebens. Entweder BWL-Studium oder eine simple Ausbildung als Bürokauffrau in seinem Betrieb. Werde wohl in London studieren. Vater ist so knallhart, der bringt es fertig und enterbt mich, wenn ich nicht endlich etwas aus mir mache. Er hat mich gestern angerufen und mich für nächste Woche nach Sankt Petersburg zitiert, um sich mit mir über meine Zukunft zu unterhalten. Und was machst du?«

Ich erzählte ihr aus meinem Leben. Doch dann wurde ich wieder neugierig auf Katharina. »Und was machst du jetzt in den USA, so ganz allein?«

»Ich wollte einige Wochen durch die Staaten reisen, einfach nur so, um Land und Leute kennenzulernen.«

»Und da musst du ausgerechnet auf eine der schärfsten Amerikanerinnen stoßen«, sagte ich grinsend.

»Etwas Besseres konnte mir nicht passieren. Du hast mir gleich gezeigt, wo es langgeht. Am liebsten würde ich bis zu meinem Flug nach Sankt Petersburg in deiner Nähe bleiben.«

»Was könnte dich daran hindern? Du bist herzlich eingeladen, wohnst bei mir im Hause. Ich kann nur nicht von morgens bis abends für dich da sein, denn ich habe einen Job. Ich werde aber genügend Zeit haben, dich mit einigen netten Leuten bekannt zu machen. Als Erstes mit meinen beiden Stammfickern, dem Chauffeur Burt und dem Gärtner Dave. Der Gärtner hat einen ziemlich strammen Max, stößt fest zu und das auch noch ziemlich lange. Außerdem hat er eine raue, flinke Zunge. Falls du gern in deinen süßen Popo gefickt werden willst, ist der Gärtner zuständig. Der hat einen langen schmalen Penis und ist der beste Arschficker, den ich kenne. Dann habe ich noch eine junge Pastorin, Susan, ein Bild von einem Weib, groß und stark, mit allen Sexwassern gewaschen und deren Freundin Margarita aus Jamaika. Eine bronzefarbene

Schönheit, bei deren Anblick deine Muschi zittert. Nicht zu vergessen meine kleine Nadja, eine Landsmännin von dir. Sie studiert Medizin, hat gerade eine Liebschaft hinter sich, und sucht derzeit bei anderen Trost. Am besten lade ich alle in mein Landhaus ein und dort veranstalten wir eine Sex-Orgie, wie du sie noch nicht erlebt hast.«

»Das kann ja heiter werden!«, sagte Katharina lächelnd, »und ich habe gedacht, ich sei ein ganz verdorbenes Ding. Wenn man dir aber zuhört, könnte man glauben, noch Jungfrau zu sein.«

»Für eine Jungfrau bist du aber schon ganz schön durchtrieben«, bescheinigte ich ihr.

***

Kaum war ich zu Hause, rief Burt an und ich erfuhr, dass Frank sehr früh am nächsten Morgen verreisen wollte.

»Das trifft sich gut«, sagte ich. »Bitte fahren Sie mit Dave ins Landhaus und sehen Sie nach dem Rechten. Ach, und sagen Sie Pamela Bescheid, dass sie für Freitag ein kaltes Buffet für etwa zwölf Personen organisieren soll. Prüfen Sie den Weinkeller und den Kühlschrank auf Wein, Bier und sonstige Getränke. Bei Bedarf auffüllen. Und jetzt gut aufgepasst: Fahren Sie zu der Firma, die den Fitnessraum im Landhaus ausgestattet hat. Die sollen im Fitnessraum zwei Mal zwei Ringe anbringen, so wie es die Turner in der Halle haben, das Gleiche an den Türrahmen vom Wohnzimmer und Esszimmer, also im Ganzen fünf Mal. Die müssen nach oben und unten verstellbar sein. Alles klar?«

Burt schien etwas verwundert zu sein, bestätigte aber meinen Auftrag.

Jetzt musste ich noch alle Gäste anrufen, um sie einzuladen. Obwohl die Einladung sehr kurzfristig kam, sagte niemand ab. Im Gegenteil. Susan fragte sogar, ob sie noch jemanden mitbringen dürfte. Ich war neugierig und wollte wissen wen. Daraufhin sagte sie nur: »Lass dich überraschen ...«

Als ich gerade meine Telefonate beendet hatte, klingelte es an der Haustür. Katharina erschien. Wir begrüßten uns freudig und tranken ein bisschen Champagner. Wir waren beide in Plauderlaune.

Ich merkte, dass sie mir etwas erzählen wollte. Als ich sie darauf ansprach, sagte sie etwas schüchtern: »Du hast doch gestern in der Bar deinen Gärtner erwähnt und mir erzählt, dass er am liebsten Frauen in den Po vögelt, oder?«

Ich nickte.

»Ich muss dir ehrlich gestehen, so etwas habe ich noch nie gemacht und ich habe auch ein bisschen Angst davor. Tut das nicht weh und kann man dabei nicht sogar einreißen?«

»Da brauchst du bei Dave keine Angst zu haben, der hat einen sehr schmalen Penis und macht das ganz vorsichtig. Er zieht deine süßen Bäckchen leicht auseinander, reibt seine Sehnsuchtströpfchen in dein kleines Buhloch und schiebt seinen Schwanz ganz langsam in dich hinein. Dann vögelt er in deinem Po herum, dass du glaubst, du bist im Paradies.«

»Genau das habe ich geträumt«, sagte Katharina.

»Bist du ganz sicher, dass es ein Traum war?«

Katharina fing an zu zittern und spielte leicht in ihrer Muschi herum. Ich zog mich rasch aus und wir beide streichelten uns bis zu einem wohligen Schauer.

Eine Stunde später kamen Burt und Dave, rissen sich die Sachen vom Leib und vernaschten uns nach Strich und Faden.

Als Dave von hinten in Katharina eindrang, stöhnte sie und rief: »Genau das habe ich heute schon einmal geträumt!«

Dave grinste mich an, da wusste ich, dass er sie tatsächlich im Schlaf gevögelt hatte ...

15. Gruppensex vom Feinsten

Wir fuhren am Freitagvormittag zum Landhaus. Keller und Kühlschrank waren gut gefüllt, die Gästezimmer hergerichtet. Zwei knackige junge Damen und ein Barkeeper, die schon öfter da gewesen waren und wussten, was sich abspielte, sollten am Nachmittag kommen, um alles vorzubereiten und die Gesellschaft abends zu bedienen. Ihre Verschwiegenheit bekamen sie gut bezahlt, dafür durfte man ihnen auch mal zwischen die wohlgeformten Beine fassen oder auch ein bisschen mehr.

Der Barkeeper allerdings war schwul und wollte mit Frauen nichts zu tun haben, aber auch er kam, wenn er wollte, auf seine Kosten. Beim letzten Mal hatte Dave ihn gevögelt, daraufhin hatte er sich in ihn verliebt. Dave besaß aber grundsätzlich keine Lust auf Schwule, er vögelte Frauen von allen Seiten, am liebsten in Abteilung zwei, was aber nicht bedeutete, dass er auf Männer stand. Er hatte den Barkeeper nur genommen, weil ich ihn darum gebeten hatte. Ich konnte es nicht selbst tun.

Zum Mittagessen gingen wir zu Pamela ins Restaurant am See essen.

»Ich kann erst später dazustoßen«, beschied sie mir, »denn ich habe heute Abend eine geschlossene Gesellschaft.«

»Macht nichts. Wenn du da bist, ist die eine oder andere schon müde gevögelt. Mit dir kommt dann frisches Leben in die Gesellschaft.«

Nach dem Essen machten wir einen Spaziergang, dann legten wir uns ins Gras und ließen uns von der Sonne bescheinen.

Dave fummelte an Katharina herum. Offenbar hatte sie Spaß an ihm und seiner Art, Frauen zu vernaschen. Sie legte sich auf die Seite. Er zog ihr den Slip herunter und ganz langsam glitt er von hinten in sie hinein. Als ich ihr leises Stöhnen hörte, wollte auch ich etwas haben. Ich griff in Burts Hose. Sein Rohr stand sofort und wanderte in meine Möse.

In diesem Augenblick hörten wir ein Auto. Der schwule Kellner und die beiden Knackarsch-Mädchen waren im Anmarsch. Burt stieß schnell noch ein paar Mal zu, aber zu einem Orgasmus reichte es leider nicht mehr.

Wir standen auf und gingen unserem Personal entgegen. Als wir drinnen ankamen, fragte der Barkeeper, ob heute Abend eine Turnvorführung wäre.

»Ja, so etwas Ähnliches«, sagte ich grinsend.

***

Gegen sechs kamen die ersten Gäste. Als Erste erschien Nadja. Sie brachte einen Strauß Blumen mit, meine gelben Lieblingsrosen. Wir umarmten uns. Nadja sah gut aus und hatte wohl ihren Liebeskummer überwunden. Heute Abend kam sie sicher auf ihre Kosten ...

Susan war die Nächste. In ihrem Schlepptau der schüchterne Organist und, ich wollte es nicht glauben, der junge Priester, den ich vernascht hatte. Wer hätte das gedacht! Er bekam einen Kopf wie eine Tomate, stammelte Undeutliches in sich hinein. Sicher hatte ihm Susan nicht verraten, was hier ablief. Der arme Kerl tat mir leid. Er würde Höllenqualen erleiden und im siebten Himmel schweben, oder er haute einfach ab und flüchtete zu seinem Mentor. Ich bat ihn in ein Nebenzimmer.

»Bitte nehmen Sie Platz«, sagte ich. »Haben Sie eine Ahnung, was sich heute hier abspielt?«

»Ich war während Ihrer Abwesenheit zwei Mal bei Susan. Was die mit mir angestellt hat, ist unglaublich! Nun bin ich hin- und hergerissen. Ich frage mich ernsthaft, ob ich mit meinem Beruf die richtige Wahl getroffen habe. Was hier heute vorgeht, kann ich mir gut vorstellen und ich habe nicht die Absicht, nur zuzusehen.«

Mit diesen Worten knöpfte er meine Bluse auf und küsste leidenschaftlich meine Brüste. Ich öffnete seine Hose, kniete mich vor ihn und sagte: »Komm, lass uns schnell ein bisschen üben. So ein kurzer Fick zum Warmmachen kann nicht verkehrt sein.«

Er schob sein Ding hastig in mich hinein, ein paar Mal hin und her, und schon kamen wir beide. Wir grinsten uns an. Ich zog meinen Rock herunter, den Slip zog ich nicht wieder an. Wozu auch! In spätestens einer Stunde ging die Party los, der Slip störte da nur.

Den Priester schnapp ich mir aber noch einmal, dachte ich. Der hatte bei Susan offenbar gelernt. Er besaß einen schönen Schwanz, und wie man den in einer Möse bewegte, wusste er inzwischen auch. Die Kirche würde ihn wohl an die Lust verlieren. Macht nichts, man kann täglich beten und sehr fromm sein, dazu muss man kein Priester sein. Aber ohne dieses Amt vögelt es sich viel freier.

Ich verließ das Zimmer. Der fromme Mann richtete seine Hose und kam dann zum Empfang, wo inzwischen fast alle versammelt waren.

Pamela fehlte noch, aber es war klar, dass sie später kam. Ellen, meine Nachbarin, hatte noch ein schnuckeliges Pärchen mitgebracht. Der kleinen Schwarzen guckte die Geilheit aus den Augen.

Die beiden Knackarsch-Mädchen und der schwule Kellner richteten das kalte Buffet, das inzwischen geliefert worden war. Auch der lange Tisch war schon gedeckt.

Wir stießen auf einen lustvollen Abend an. Ich hielt eine kurze Begrüßungsansprache, betonte dabei, dass sich niemand Zwang antun müsste und dass alle hier übernachten könnten, ein Champagnerfrühstück würde ab zehn Uhr vormittags warten.

Und so nahmen die Dinge ihren Lauf. Alle hatten guten Appetit und Durst. Die kleine geile Schwarze, die meine Nachbarin Ellen mitgebracht hatte, konnte es wohl kaum erwarten. Sie kraulte ihrem Nachbarn zwischen den Beinen herum, während er Organist, der ihr gegenübersaß, seinen dicken Zeh in ihrer Möse hatte.

Als ihr Nachbar das merkte, stieß er diesen leicht vors Schienbein und flüsterte ihm zu: »Erst ich, dann du!«

»Wozu sind denn die zwei Ringe da?«, fragte Ellens Nachbar.

»Zum Turnen«, antwortete ich. »Du ziehst deiner Freundin ihr Höschen aus und sie steigt mit jedem Bein in einen Ring. Dann stellst du die Ringe auf die gewünschte Höhe ein, entweder zum Blasen in deiner Kopfhöhe oder zum Ficken in die entsprechende Lage. Du stehst kerzengerade vor ihr, dein Penis ebenfalls. Nachdem du ihr dein bestes Stück hineingeschoben hast, brauchst du sie nur noch hin- und herzuschwingen, und das so lange, bis du keine Lust mehr hast. Dann kannst du sie aus den Ringen heben oder einfach hängen lassen. Du wirst sehen, im nächsten Augenblick wird sie bestimmt von einem anderen bewegt. Es kann auch sein, dass einer der Anwesenden sie etwas höher zieht, um sich an ihrer Möse gütlich zu tun. Wenn er deine Freundin so weit herunterlässt, dass er sie im Knien lecken kann, wird sich ganz schnell ein Kerl finden, der sie ordentlich von hinten vögelt.«

Und so geschah es. Die beiden machten den Anfang. Ellens Nachbar schaukelte das scharfe, schwarze Energiebündel wild hin und her. Sie keuchte und schrie vor Lust.

Dieser Schrei war das Signal zum allgemeinen Anfang. Die beiden Knackarsch-Mädchen räumten noch geschwind den Tisch ab, der Kellner half ihnen dabei. Kaum waren sie fertig, kam Susan angestürmt. Sie hatte erfahren, dass der Kellner schwul war, das reizte sie. Noch nie hatte sie einen Homo gefickt.

Als die beiden Knackarsch-Mädchen merkten, was Susan vorhatte, grinsten sie und wollten sich das Schauspiel ansehen. Der Kellner wehrte sich mit aller Kraft, aber gegen dieses stramme Weib hatte er keine Chance, zumal seine beiden Kolleginnen Susan jetzt behilflich waren.

Sie legten ihn auf den Rücken. Susan setzte sich rückwärts auf ihn, um seinen Schwanz in Form zu bringen. Der hing aber klein und hässlich an ihm herunter. Auch der Versuch, ihn aufzublasen, misslang. Frauen waren eben nichts für ihn! Die eine von den beiden Knackärschen eilte in die Küche, wo ihre Tasche stand. Als sie nach wenigen Augenblicken zurückkam, hatte sie einen mächtigen Plastikpenis – einen Vibrator – in der Hand. Der Motor war schon an, sie gab das Ding Susan, und mit vereinten Kräften drehten sie den Kellner um. Als er versuchte, sich zu knien, um dann zu flüchten, hielten sie ihn fest und Pamela führte voller Lust das Ding bei ihm ein. Jetzt wurde er etwas ruhiger. Sie rührte leicht in ihm herum, zog das Ding langsam wieder raus und schob es wieder rein. So kam der Kellner langsam in Fahrt. Er stöhnte vor sich hin, sein Schwanz erwachte, wurde immer größer. Kurz bevor er zum Höhepunkt kam, zog Susan das Ding aus seinem Arsch heraus. Mit vereinten Kräften drehten sie ihn auf den Rücken und Pamela nutzte die Gunst des Augenblickes, setzte sich auf ihn und fuhr den prallen Schwanz in sich hinein. Sie vögelte auf ihm herum, immer schneller, immer wilder, dann kam es ihr. Wenig später auch ihm.

Entspannt und etwas blöd grinsend lag er da, dann wurde es ihm schwarz vor Augen, denn Susan hatte sich mit ihrer mächtigen feuchten Fotze auf sein Gesicht gesetzt. Er bekam kaum noch Luft, merkte aber, dass sie ihren gewaltigen Korpus leicht anhob, um ihm Luft zu lassen, wenn er seine Zunge in ihr bewegte. Also leckte er, was das Zeug hielt, während die beiden Knackarsch-Mädchen bemüht waren, den Penis wieder aufzurichten, was auch gelang. Sie waren jetzt ebenfalls scharf und wollten auch den Abend genießen. Susan hatte einen gewaltigen Orgasmus. Dann stieg sie von ihm ab und wankte ins Bad.

Die beiden Knackarsch-Mädchen hatten jetzt Lust auf ihren Kollegen bekommen. Sie setzten sich beide auf ihn, die eine fuhr sich den wieder steif gewordenen Schwanz ein, die andere steckte sich seine Nase zwischen ihre Schamlippen, bevor sie ihm ihre Möse zum Fraß vorwarf.

»Nun leck mal schön«, stöhnte sie. »Wenn du es gut machst, wirst du auch in den Arsch gefickt.« Er machte es wirklich schön, und so stand sie auf, als sie genug hatte, und lieh sich von mir ein Schnellfickerhöschen, das sie noch von anderen Festen kannte. Sie gab ihrer Kollegin, die sich soeben fürs erste sattgevögelt hatte, ein Zeichen. Sie drehten den Kellner um. Der kniete jetzt vor ihnen und sie knallte ihm den schönge-formten Kunstpenis hinein, dass er dachte, er sei im siebten Himmel gelandet. Sie vögelte und vögelte ihn, einen Penis in seinem Arsch, einen in ihrer Möse, bis sie nicht mehr konnte.

Der Kellner war in seinem Element. Er hatte einige Hö-hepunkte. Als ihn seine Kollegin verließ, stand er mit einem riesigen Ständer da, aber ohne Partner. Er zog sich zurück und ging nach oben in eines der Gästezimmer. Was er dort sah, entzückte ihn. Die kleine Russin Katharina hatte sich in Dave, den Arschficker, verliebt. Er kniete hinter ihr und stocherte mit seinem schmalen Pimmel in ihrem süßen Po herum.

Der Kellner sah den strammen, muskulösen Männerarsch

von Dave und verlor fast den Verstand. Er stürzte sich von hinten auf ihn, setzte seinen Penis zielgenau an und stach zu, so tief er konnte. Dave schrie auf vor Schreck, noch nie hatte er Erfahrung mit einem Schwulen gemacht. Und dieser fuhrwerkte nun genüsslich in ihm herum. Zuerst wollte er ihn von sich stoßen, ihm eine Ohrfeige verabreichen, dann aber gefiel es ihm ganz plötzlich. Ob der folgende Orgasmus vom Kellner oder von seiner Russenmaus, in deren Popo er sich sauwohl fühlte, kam, wusste er nicht. Eins wusste er aber von diesem Augenblick an: Von einem Mann gevögelt zu werden, war gar nicht schlecht. In einer stillen Stunde wollte er es noch einmal versuchen. Vielleicht mit Burt ...

***

Beim Frühstück am nächsten Morgen schnappte Nadja sich den schüchternen Organisten und flüsterte: »Komm, lass uns ein bisschen orgeln.«

Der bekam rote Ohren und einen strammen Max, den Nadja, ihres Zeichens Medizinstudentin, fachmännisch auspackte. Der Schwanz vom Organisten gefiel ihr so gut, dass sie ihn gleich in den Mund steckte und gleichzeitig seinen Kopf zwischen ihre Schenkel nahm. Ein geübter Lecker war er nicht, da hatte Susan noch einiges zu erledigen. Trotzdem, er gab sich Mühe.

Als er losspritzte und dabei seinen Riemen noch tiefer in ihren Hals steckte, wäre sie bald erstickt. Sie spuckte die ganze Ladung auf seinen Bauch und flüchtete in eins der Bäder. Dort stand die schöne Margarita und versuchte, sich selbst zu befriedigen.

»Warum tust du das?«, fragte Nadja.

»Ich wollte unbedingt den Priester vernaschen, aber als ich ihn im Bett hatte, bekam er einen Moralischen und keinen hoch. Ich bot ihm meine Möse an, damit er sie lecken konnte, doch er ergriff die Flucht. Ich weiß nicht, wo er ist.«

In diesem Augenblick ging die Tür auf. Burt kam herein.

»Dich habe ich gesucht«, sagte er zu Margarita. »Auf dich war ich scharf, seit ich dich das erste Mal gesehen habe.«

Margarita schien das zu gefallen. Sie fühlte, ob er richtig etwas in der Hose hatte – er hatte! Sogleich machte sie sich auf den Weg zu den Ringen und sagte, dass sie von mir wusste, dass er ein ganz strammer, knallharter Ficker wäre, ohne Vorspiel, ohne Zärtlichkeit.

»Das stimmt«, bestätigte Burt. »Ich bin ein Ficker für unersättliche Frauen. Ich stoße fest zu, und das pausenlos.«

»Na dann los, zeig, was du kannst«, feuerte Margarita ihn an, während sie ihre bronzefarbenen, herrlich geformten Beine in die Ringe zwängte. Sie spreizte ihre Schenkel, soweit sie konnte. Eine klatschnasse, triefende Fotze starrte ihn an. Er ließ die tolle Frau auf die richtige Höhe herunterfahren, drückte sie nach oben und ließ sie mit Karacho auf sich zukommen. Sein gewaltiges Rohr knallte in ihre Möse, und sie dachte, es käme irgendwo wieder heraus. War es nur der Schreck oder war es ein kurzer Schmerz? So einen unverschämten Schwanz hatte sie noch nie in ihrer Möse gehabt. Der füllte alles aus, was sie zu bieten hatte.

Jetzt ging es los. Sie war vollkommen wehrlos in diesen Ringen. Ihre Möse spreizte sich ihm entgegen und er bewegte sie, wie es ihm gefiel. Er stieß zu wie ein Bulle, tief, hart, erbarmungslos. Es war die Hölle, oder nicht? Plötzlich hatte sie einen Orgasmus, dass sie glaubte, ihr letztes Stündlein hätte geschlagen. Er fickte ohne Pause weiter, seine Stöße wurden immer intensiver, sie kam in eine Ektase, die sie so noch nie erlebt hatte.

Er vögelte weiter in ihr herum, jagte sie von einem Höhepunkt zum anderen. Jetzt machte er es etwas anders. Er schaukelte sie nicht mehr hin und her, sondern hielt sie fest in ihren Ringen und stieß selbst zu, dabei drückte er ihre Schenkel zusammen, sodass es ganz eng wurde.

»Meine Möse wird wund«, jammerte sie.

Sofort hörte er auf, zog sein Ding aus ihrer strapazierten Fotze, küsste sie leicht und ließ sie in ihren Ringen langsam herunter.

Sie gingen in mein Bad. Dort musste sie sich auf die Massagebank legen. Vorsichtig wusch er ihre Muschi mit einem lauwarmen Schwamm aus und tupfte sie mit einem weichen Tuch ab. Er ging an meinen Spiegelschrank, holte eine riesige Tube heraus – hier kannte er sich aus – und drückte eine graue Salbe heraus, mit der er die ganze Muschi eincremte. Die Creme kühlte angenehm.

»In zwanzig Minuten hast du wieder eine taufrische Möse«, sagte er grinsend. »Leg dich ein bisschen auf die Seite.«

Das tat sie.

Dann sagte er: »Mund auf, Augen zu.«

Auch das befolgte sie und schon hatte sie seinen unverschämt dicken Schwanz zwischen den Zähnen. Vor Schreck hätte sie ihn beinahe gebissen. Der Schwanz füllte ihren Mund vollkommen aus, sie konnte nicht einmal ein bisschen lecken.

Schließlich zog er ihn heraus. Sie nahm ihn in die Hand und leckte immer rund um seine Eichel herum. Als er losspritzte, zielte er an ihrem Kopf vorbei. Sie war ihm dankbar dafür, denn bei diesem Strahl hätte sie sich bestimmt verschluckt. Als nächstes steckte er einen Finger in ihre Möse, rührte darin herum und fragte, ob es weh täte.

»Nein, tut es nicht«, sagte sie erleichtert.

»Siehst du, ich bin doch ein guter Pfleger«, meinte Burt. »Steh auf und bück dich über die Massagebank.«

Kaum hatte er ihren Po vor sich, zog er die Pobacken auseinander und rammte ihr sein Rohr von hinten in die Möse. Sie stemmte sich gegen ihn und genoss die herrlichen, festen Stöße.

Oh, wie schön, jubelte sie innerlich, bevor sie vor Erschöpfung umfiel. Sie wankte zur Badewanne und legt sich in das lauwarme Wasser.

Burt war noch scharf wie ein Rasiermesser, als er das Bad verließ und Pamela traf, die gerade angekommen war.

Als sie sein riesiges Gerät sah, sagte sie: »Eigentlich wollte ich gerade etwas essen, aber dein dicker Pimmel ist mir lieber – ist auch besser für die schlanke Linie.« So schlenderten die beiden in den Salon, wo alles durcheinander vögelte. Er legte Pamela auf die riesige Couch, direkt neben Ellen, die Nachbarin vom Landhaus, die soeben den Priester vernascht hatte.

»Los, leck mich«, stieß Pamela hervor. Das ließ sich Burt nicht zweimal sagen. Er nahm Pamela, die vor ihm kniete, von hinten. Ellen stellte sich über Pamela breitbeinig vor ihn und er wühlte mit seiner Zunge in Ellens dicker Fotze herum. Ein Bild für die Götter, wie er die beiden Frauen bediente!

Ich wollte gerade resigniert eins meiner Schnellfickerhöschen anziehen und es mir damit selbst machen, da geschah ein Wunder. Irgendwie hatte ich als Gastgeberin nämlich den Anschluss verpasst und weder Mann noch Frau waren zu haben.

Die Tür ging auf und Pamelas Freund, der Pilot, kam herein. Im Schlepptau hatte er seinen Kopiloten, einen tiefschwarzen Kerl, lang wie ein Baum. Ein plötzlicher Fluglotsenstreik hatte sie von ihrem Dienst befreit. Pamela hatte ihm von dem geplanten Massenfick erzählt und so hatte er seinen Kopiloten eingeladen, denn er wusste, meine Partys waren Multi-Kulti.

Ich schnappte mir die beiden, zog sie rauf in mein Zimmer und zog mich ganz langsam aus. Sie bewunderten meinen schönen Körper und sahen mich verklärt an, bevor sie mich aufs Bett legten und mich gemeinsam von hinten und von vorn vögelten, dass ich die Engel singen hörte. Der Schwarze vögelte mit seinem riesigen Gerät gekonnt in mir herum. Der andere, mit seinem viel kleineren Schwanz, fickte mich mit Inbrunst in meinen schönen Arsch.

Als sich der Schwarze das erste Mal entleert hatte, wobei er grunzte wie ein Schwein, zog er sein riesiges Gerät aus mir und steckte dafür seine Zunge tief in meine Muschi. Ich verging fast vor Wonne. Das lief eine ganze Weile so weiter, bis der Chefpilot plötzlich nicht mehr konnte. Er haute ab.

Nun zeigte sein Kopilot, was er alles konnte. Er legte sich auf den Rücken, setzte mich auf sich und spießte mich fast auf.

»Reite zur Hölle«, schrie er und bewegte sich auf und ab, dass mir Hören und Sehen verging.

Als ich in der Hölle angekommen war – oder war es der Himmel? –, stammelte ich: »Du bist der Größte!«

So herrlich konnten nur dunkelhäutige Kerle ficken! Ich wankte in mein Bad, schloss mich ein, legte mich in die Wanne und genoss, was ich gerade erlebt hatte. Ich wusste noch nicht einmal, wie der Gute hieß. Morgen beim Frühstück würde ich es erfahren. Ich ging ins Bett und schlief sofort ein.

Im Haus wurde es langsam still. Die Helden waren müde. Dave stocherte noch immer in Katharinas Popo herum, sie wollte aber nicht mehr so recht.

»Mein Hintern ist müde«, stammelte sie auf Russisch, was Dave natürlich nicht verstand.

Für alle Fälle bewegte er sich erst einmal schneller in ihrem Popöchen. Sie entzog sich ihm aber und sagte auf Deutsch:

»Zum guten Schluss möchte ich jetzt richtig gefickt werden!«

Das hörte Burt, der nach Dave suchte.

»Dave«, rief er, »du sollst runter kommen, der Kellner möchte sich von dir verabschieden.«

Dave tat es. Der Kellner stand da und grinste ihn an. »Sehen wir uns mal wieder?«

»Wenn du willst ...«, entgegnete Dave und wollte ihm die Hand reichen.

Der Kellner aber packte ihn am Arm, zog ihn auf den Teppich und versuchte, Dave zu küssen, was der aber nicht wollte. So zog der Kellner ihm die noch halboffene Hose herunter und versenkte sein Ding in Daves Hintern. Dave wehrte sich verzweifelt, aber nach einigen Stößen gefiel es ihm und er ließ den Kellner rammeln. Als der Kellner fertig war, revanchierte Dave sich und tat das Gleiche beim Kellner.

Beide verabschiedeten sich mit einem langen Kuss. Daraus sollte eine lange Freundschaft werden.

Burt legte sich inzwischen zu Katharina aufs Bett. Sie lag auf der Seite, streckte ihm ihren bezaubernden Popo entgegen. Als er sie von hinten nehmen wollte, flüsterte Katharina, die jetzt hundemüde war: »Bitte ins richtige Loch.«

***

Das gemeinsame Frühstück verschliefen beide, dafür gab es gegen Mittag eine heiße Nummer. Katharina war als Erste wach, streichelte Burts Riesending so lange, bis es stand. Dann setzte sie sich drauf und orgelte auf ihm herum, bis sie einen Orgasmus hatte und er endlich wach wurde.

In diesem Augenblick betrat ich das Zimmer auf der Suche nach den beiden. Eigentlich wollte ich mit ihnen nach Hause fahren, dieser Anblick hielt mich aber davon ab. Ich zog mich aus, setzte mich auf Burt und tat das, was Katharina soeben gemacht hatte. Katharina wollte aber auch noch. Sie nahm Burts Hand und führte sie in ihre Muschi ein. Da Burt nicht so intensiv reagierte, wie sie das erwartet hatte, kniete sie sich über sein Gesicht, setzte sich darauf und sagte: »Jetzt kannst du alles auslecken, was du mir da eingespritzt hast.«

Seine raue Zunge setzte sich sofort in Bewegung und nach kurzer Zeit kam es uns allen. Burt wollte immer weitervögeln. Ich drängte aber zum Aufbruch. So nahm die schöne Vögelei ein Ende.

16. KNALL IHN REIN!

Katharina und ich gingen in ein gutes Restaurant zum Essen. Dann machten wir einen ausgiebigen Spaziergang durchs Zentrum, bevor wir nach Hause fuhren, um Frank zu begrüßen und ihm Katharina vorzustellen. Sie schien ihn nicht weiter zu interessieren und er bat mich, ihn in die Reederei zu begleiten. Ich erklärte ihm, dass Katharina eine Zufallsbekanntschaft aus Sankt Petersburg wäre. Er wurde weiß, wie eine Wand.

»Ist dir nicht gut?«, fragte ich.

»Wer ist diese Katharina, was hast du mit ihr zu tun und wie hast du sie kennengelernt?« Seine Stimme zitterte leicht.

»Katharina ist die Tochter eines Multimillionärs namens Sergei Kallinikow. Ich habe sie per Zufall in einer Bar kennengelernt. Sie macht, bevor sie ihr Studium in Oxford beginnt, eine Weltreise. Ich habe sie für zwei Tage hierher eingeladen. Morgen früh fliegt sie nach Sankt Petersburg zu ihrem Vater. Wahrscheinlich werde ich sie nie wiedersehen. Und jetzt gestatte mir bitte eine Gegenfrage: Was soll das Ganze? Steht es in Zusammenhang mit dem mysteriösen Verschwinden deiner ersten Frau? Ich möchte jetzt gehen, morgen früh bringe ich Katharina zum Flughafen, anschließend komme ich in die Reederei und erbitte dann eine plausible Antwort.«

Mit diesen Worten verließ ich ihn. Im Flur traf ich Burt und bat ihn, uns am nächsten Morgen zum Flughafen zu fahren. Er wollte noch etwas erwidern, ich war aber wütend und ging schnellen Schrittes zu meinem Wagen, sodass ich ihn nicht mehr hörte. Ein paar Minuten später rief er mich übers Handy an.

»Entschuldigen Sie, Ma'am, ich wollte nur wissen, ob wir Katharina zum Abschied noch einmal richtig durchvögeln sollen. Es schien ihr nämlich gefallen zu haben.«

»Gefallen hat ihr nur Dave mit seinem Popofick. Du warst ihr zu brutal! Es gibt noch Frauen auf dieser Welt, die legen Wert darauf, zärtlich im Bett verwöhnt zu werden. Das solltest du dir als zweite Variante angewöhnen. Nicht jede Frau möchte wie von einem Bullen zusammengestoßen werden!«

Also schickte er ihr Dave als Abschiedsgeschenk.

Später kam er mit einer großen Schachtel Pralinen zu mir, küsste mich ganz, ganz zart, streichelte meine Schenkel, erst außen, dann innen, steckte eine Praline in meine Muschi, die schon ganz feucht war, und leckte so lange, bis die Praline alle war. Es folgte eine zweite, dann eine dritte, und genauso viele Höhepunkte, bevor er seinen schönen dicken Schwanz vorsichtig in mich hineinschob. Dabei küsste er meine harten Knospen und streichelte meinen Rücken. Ich befand mich im siebten Himmel, stöhnte vor Lust und küsste ihn zärtlich auf den Mund. Jetzt kam auch er.

Dann zog er sein Ding ganz langsam aus mir heraus, ich zitterte und lechzte nach seinem dicken Schwanz.

»Das war herrlich«, flüsterte ich ihm ins Ohr. »Du bist der

beste Liebhaber aller Zeiten und jetzt komm, knall ihn rein, fick mich, bis ich nicht mehr kann.«

Er knallte mir sein Ding in meine Feuchtoase, dass mir fast die Luft weg blieb. Jetzt stieß er wirklich zu wie ein Bulle. Wieder kam ein Orgasmus. Ich krallte mich in seinem Rücken fest und schrie: »Fester, fester, fester!«

Mit aller Kraft bewegte er sich hin und her, bis er nicht mehr konnte. Er fiel fast von mir herunter. Ich legte meinen Kopf auf seinen Bauch und nahm seinen halbstarken Penis wie einen Schuller in den Mund und schlief ein.

***

Als ich früh am nächsten Morgen Katharinas Zimmer betrat, war sie schon auf, nur Dave lag noch im Bett und schlief.

»Lass ihn schlafen, der kann nicht mehr«, murmelte sie lächelnd. »Er hat seinen Schlaf verdient. Wenn du ihn nicht mehr brauchst, schick ihn mir nach Sankt Petersburg.«

»Okay, ich werde ihn fragen«, antwortete ich.

Burt und ich brachten Katharina zum Flughafen. Es war ein herzlicher Abschied, aber ich hörte nie wieder etwas von ihr. Franks hysterisches Gehabe, weil ich eine Russin mitgebracht hatte, war also überflüssig gewesen.

Burt brachte mich in die Reederei.

Frank fragte, ob ich Lust hätte, mit Daniel White, einem unserer Architekten, nächste Woche erst nach Dubai und von da aus nach Spanien zu fliegen. Daniel hatte erste Pläne für unser Haus, das Hotel und die Reederei in Dubai entworfen, und jetzt musste er verschiedene Dinge vor Ort klären.

»Ich würde gern selbst mitfliegen, habe aber andere wichtige Termine. Ich denke, dass du durchaus in der Lage bist, in meinem Sinne zu entscheiden. Das hast du ja nun schon ein paar Mal bewiesen. Das alte Reedereigebäude in Spanien möchte ich abreißen und an gleicher Stelle neu bauen lassen. Daniel White muss in erster Linie mit Behörden wegen der Abriss- und der Baugenehmigung verhandeln. Du solltest dir in dieser Zeit die Umgebung der Reederei ansehen, um später bei der Planung behilflich zu sein.«

»Ich fliege gern und freue mich auf diese Aufgabe«, erwiderte ich. »Wann geht es los?«

»Am Montag. Also hast du fast eine Woche Zeit für die Reisevorbereitungen. Unsere Buchhaltung hat mich darauf aufmerksam gemacht, dass unser Landhaus am See nicht ausreichend versichert ist. Bitte erledige das noch vor deiner Abreise. Hier ist die Telefonnummer des Maklers, triff dich mit ihm im Landhaus und bringe das in Ordnung. Du bist ja die ›Hausherrin‹, also solltest du dich auch darum kümmern.«

Ich wollte es und ging in mein Büro. Dort bat ich Daniel White zu mir und fragte ihn nach Einzelheiten über Dubai und Spanien, damit ich mich gebührend vorbereiten konnte. Das Gespräch dauerte lange. Er versprach mir, die Pläne mitzubringen.

Danach gingen wir ins »Casino«, wo wir uns zum Essen mit Frank trafen. Hier führten wir noch ein angeregtes Gespräch, was wir am nächsten Vormittag bei Frank fortsetzen wollten.

Als nächstes rief ich den Versicherungsmakler an, der mich fragte, ob er morgen Nachmittag auch einen anderen, fähigen Mitarbeiter schicken dürfte, da er einen unaufschiebbaren Termin hatte. Mir war das recht, denn die Versicherung meines Landhauses war ja nun kein Staatsakt, wo der Chef persönlich erscheinen musste.

Gastfreundlich, wie ich war, kaufte ich auf dem Weg zum Landhaus ein paar Stücke Kuchen. So ein alter Versicherungs-mensch, der wahrscheinlich den ganzen Tag am Schreibtisch verkümmerte und dabei alt und grau geworden war, war bestimmt dankbar dafür. Ich schloss die Tür auf, öffnete einige Fenster, damit frische Luft hereinkam, deckte den Tisch und kochte Kaffee.

Kurz darauf schaute ich durch das Küchenfenster. Ein Auto war vorgefahren. Ein flotter Flitzer mit viel PS stand plötzlich vor der Tür, ein weder alter noch grauer Jüngling schwang sich heraus. Gut gebaut, lockiges Blondhaar, schöne Augen, Traumfigur. Meine Muschi weinte ein paar Freudentränen.

Ich dachte: *Das kannst du nicht machen. Er ist unser Makler, mit dem bumst man nicht!*

Er strahlte mich an und begrüßte mich freundlich.

»Wollen wir das Haus besichtigen, oder erst Kaffee trinken?«, fragte ich ihn.

»Wie Sie es wünschen«, antwortete er charmant.

Ich schenkte Kaffee ein und wir aßen Kuchen. Wir führten ein angeregtes Gespräch, erst über das Haus, dann über seine Umgebung. Ich folgte seinen Blicken, die sich auf meine Beine konzentrierten, denn ich saß so, dass er sie nicht übersehen konnte. Kurzer Rock, nackte, von der Sonne gebräunte Beine, wohlgeformt. Diese schönen Beine hatte ich auch nicht ängstlich zusammengekniffen, im Gegenteil, ganz leicht geöffnet. Er hatte sicher mein champagnerfarbenes Höschen entdeckt, denn wenn mich nicht alles täuschte, wölbte sich auch seine Hose ganz plötzlich.

Ich stand auf, nahm die Kaffeekanne in die Hand, um ihm nachzuschenken. Er saß ziemlich tief in dem niedrigen Sessel. Ich bückte mich leicht und stand so, dass er meinen Po bewundern konnte. Als ich die Kanne absetzte, aber immer noch leicht gebückt vor ihm stand, fühlte ich seine kräftige Hand an meinem Bein entlangtasten. Er verspürte keine Ge-

genwehr und zog mit beiden Händen an meinem Höschen, das aber ziemlich stramm saß. Er versuchte, mit einem Finger in meine Muschi zu kommen, was dann auch gelang. Als er in meiner Feuchtoase angekommen war und sich darin hin und her bewegte, war ich mit meiner Beherrschung am Ende. Ich streifte das champagnerfarbene Etwas ab, knöpfte langsam seine Hose auf und betrachtete mir sein bestes Stück.

Nicht schlecht, dachte ich, und küsste es ganz leicht.

Jetzt war auch er nicht mehr zu halten. Er spreizte meine Beine, küsste meine Schenkel innen und arbeitete sich langsam hinauf, bis er mitten in der saftigen Möse angekommen war. Er küsste mich bis zum Kitzler und ich hatte einen tollen Orgasmus. Als er das merkte, legte er mich auf den Teppich und drang langsam, aber kraftvoll, in mich ein. Nach kurzer Zeit kamen wir zusammen. Er spritzte meine Muschi voll und ich zitterte vor Lust.

Zur Belohnung blies ich ihm einen, da kam er schon wieder. Jetzt nahm er mich von hinten. Sein Rohr versank in meiner Muschi und ich hätte am liebsten »Halleluja« gesungen.

Er streichelte meine vollen Brüste und stieß dauerhaft zu, bis er eine Pause brauchte. Er legte seinen Lockenkopf auf meinen Bauch und spielte mit zwei Fingern in meiner Muschi herum, so gekonnt, dass ich schon wieder scharf wurde. Sein bestes Stück war aber noch in Ruhestellung, so machte er mich mit seinen flinken Fingern fertig. Jetzt hatte auch ich erst einmal genug.

»Ich dachte, wir wollten mein Landhaus versichern?«, fragte ich schelmisch.

»Das machen wir gleich, wenn wir uns richtig ausgevögelt haben. Wie soll ich arbeiten, wenn ein so schönes, geiles Energiebündel verwöhnt werden will?!«

»Dann komm, fick weiter, ich bin verrückt nach dir.« Ich

schob seinen Kopf von meinem Bauch, leckte sein Prachtstück so lange, bis es wieder steil nach oben stand. Dann setzte ich mich auf ihn und ließ es voller Genuss in mich hineingleiten. Ich ritt zunächst langsam an, dann immer schneller bis zum Galopp. Wir stöhnten beide um die Wette, bis ich kraftlos vom »Pferd« fiel. Dieses Mal war er noch spitz. Ich nahm den herrlichen Schwanz zwischen meine Brüste und er vögelte so lange dazwischen, bis die letzten paar Tropfen herausperlten.

Dann verschwanden wir in meinem Schlafzimmer und legten uns ins Bett. Ich legte mich auf die Seite, er sich hinter mich und so schliefen wir ein.

Als wir wach wurden, hatten wir beide Hunger und beschlossen, zu Pamela essen zu gehen. Danach überkam uns wieder die Lust und wir fickten, bis bei ihm kein Tropfen mehr kam und meine Muschi ganz trocken war. Sein kleines Schwänzchen hielt ich in der Hand und streichelte es verspielt, während er schlafend an meinen Knospen nuckelte. So schliefen wir wieder ein.

***

Vor dem Frühstück schoben wir noch ein kraftloses Nümmerchen, dann ging es endlich an die Arbeit. Mein kleiner, strammer Ficker namens Mark besichtigte das Haus von oben bis unten, machte dann auf seinem Laptop einige Berechnungen und nannte mir das Ergebnis.

»Wenn du genauso gut rechnen wie vögeln und lecken kannst, dann muss das wohl stimmen. Also, druck den Antrag aus, ich unterschreibe.«

Bevor wir zu unseren Autos aufbrachen, fasste ich ihm noch einmal zwischen die Beine, denn ich hatte schon wieder Lust. Ich zog meinen Slip aus, bot ihm meine feuchte Möse zum Fraß an und er machte mich noch einmal so richtig fertig.

17. Die schönste aller Mösen

Daniel White war ein angenehmer Partner. Freundlich, fürsorglich, unterhaltsam. Sein Fachwissen als Architekt war exzellent, nur, mit ihm ins Bett zu steigen, um richtig zu vögeln, konnte ich mir nicht vorstellen. Der würde bestimmt um Hilfe schreien und sofort alles meinem Mann erzählen. Ich konnte aber Frank so etwas nicht antun. Ich hatte ihm hoch und heilig versprochen, seinem Ruf nicht zu schaden.

Mit Oliver Simpson war das etwas anderes. Der vögelte gut und gern und war verschwiegen.

Aber was soll's, dachte ich, *meine Muschi und ich werden schon einen leckeren Schwanz finden, wäre doch gelacht!*

Morgens flogen wir ab. Davor gab es eine Sonderüberraschung von Burt und Dave: eine Abschiedsvögelei. Schon früh am Morgen waren sie bei mir und wollten mich zum Abschied baden. Beide hatten einen Bademantel an und nichts darunter.

Dave packte mich unter den Armen, Burt unter den Kniekehlen. Sie legten mich auf die Massagebank und während Dave die große Wanne mit einem schönen Badeöl volllaufen ließ, fing Burt an, mich zu massieren. Zuerst meine beiden strammen Möpse, dann den Bauch, danach die Oberschenkel, bis ganz nahe an meine Muschi, die längst klatschnass war.

Als die Wanne voll war, hoben sie mich grinsend hinein ins Vergnügen. Dave wusch meinen Rücken, Burt die vordere Partie, dann musste ich mich hinknien. Dave drang mit einem Finger in mein Buhloch, Burt in die Muschi. Auch diese Teile des Körpers mussten vor so einer großen Reise gründlich gewaschen werden, meinten sie, wobei ich schon auf Touren war und anfing zu stöhnen.

Wir wechselten zum Whirlpool, wo die Männer meine

beiden Abteilungen kräftig durchspülten, bevor sie mich wieder auf die Massagebank legten. Burt leckte jetzt mit seiner rauen Zunge in meiner Muschi herum. Dave tat dasselbe in Abteilung zwei. Bald hatten sie mich auf einem unwahrscheinlichen Höhepunkt.

Später meinten sie, ich hätte nie gehörte spitze Schreie von mir gegeben. Burt lud mich auf seine Schulter, legte mich auf meinem Bett ab und jetzt ging es richtig los. Burt fickte meine Muschi, Dave mein Buhloch, und ich zitterte vor Lust und jubelte: »Oh, wie schön!«

Nachdem ich zweimal gekommen war und auch sie sich beide gründlich entleert hatten, musste ich mich vor das Bett knien, auf dem inzwischen Dave saß. Er hielt mir seinen schmalen Penis unter die Nase. Ich griff beherzt zu, nahm ihn zwischen die Zähne und hätte beinahe ungewollt zugebissen, denn Burt knallte mir im gleichen Augenblick seinen riesigen Riemen in meine Lustgrotte.

Muss ich denn wirklich verreisen, dachte ich in diesem Moment. *Meine beiden Superficker sind doch unübertroffen, vor allem, wenn sie es so unverhofft und so schön wie heute machen.*

Dave schüttelte sich, dann war er fix und fertig. Burt fickte in meiner Möse herum, als wenn er noch ganz frisch wäre – oh, tat das gut!

Dave ging hinunter, um sich anzuziehen. Nach einer halben Stunde, Burt hatte meine Möse gerade verlassen, kam Dave mit dem Frühstück.

Später brachte mich Burt zum Flughafen. Kurz vor der Ankunft hielt er an.

»Warum das?«, fragte ich.

»Ich muss mich noch von der schönsten aller Mösen verabschieden«, sagte er, schob meinen Rock hoch, den Slip ein wenig herunter und dann erlebte meine Muschi einen Zungenkuss, den sie lange nicht vergessen wird – einfach himmlisch!

***

Nun saß ich hier in der Maschine, die vor einer halben Stunde gestartet war, döste vor mich hin und träumte von meinen beiden unersättlichen Superfickern. Hoffentlich blieben die mir noch viele Jahre erhalten ...

Daniel räusperte sich.

Als ich die Augen aufschlug, fragte er: »Haben Sie etwas Schönes geträumt?«

»Habe ich denn geschlafen?«

»Ich denke schon.«

Ich lächelte.

Daniel erläuterte mir ausführlich seine Vorentwürfe. Es war interessant, was er da zu Papier gebracht hatte, aber nicht nur interessant, sondern einfach tollkühn, Zukunft pur. Ich konnte mir vorstellen, dass der Scheich davon begeistert sein würde. In Dubai wurden die futuristischsten Gebäude errichtet, dieses hier passte genau dahin und würde mit Sicherheit genehmigt.

***

Bei unserer Ankunft wartete ein Fahrer des Scheichs mit einem Jaguar am Flughafen. Der Fahrer war ein Bild von einem Mann, kam aber nicht in Frage, obwohl ich das sehr bedauerte, denn das hätte mich in sehr große Schwierigkeiten bringen können. Also vergaß ich ihn ganz schnell.

Das Abendessen zog sich über drei Stunden hin. Ich musste mich anstrengen, um wach zu bleiben. So ein langer Flug bleibt bei aller Bequemlichkeit und allem Luxus nicht in den Kleidern hängen. Daniel hatte auch zu kämpfen, er hielt sich aber tapfer.

Die beiden Söhne des Scheichs waren auf Reisen. Auch gut.

So kam ich wenigstens nicht in Versuchung.

Der Scheich versicherte mir, dass ich mich jederzeit an ihn wenden könnte, was natürlich auch für Daniel galt. Falls wir Fragen bei der Baubehörde hätten, könnten wir direkt durchwählen, ein Neffe von ihm sei der Leiter.

Todmüde wankten wir durchs Hotel.

**

Ich schlief bis zum nächsten Mittag. Daniel hatte mir eine Nachricht hinterlassen, dass er bereits auf unserem Grundstück sei, ich sollte ihn anrufen, dann würde er sofort den Fahrer schicken. Und nach einem ausgiebigen Frühstück tat ich das dann auch.

Daniel war voll in Aktion. Morgen früh würden drei Container als provisorisches Baubüro geliefert werden.

Der macht ja richtig Dampf, dachte ich.

In den nächsten drei Tagen sah ich mir die Gegend an, besichtigte Hotels und Bürohäuser. Mit der Empfehlung vom Scheich waren mir Tor und Tür geöffnet. Jeder zeigte mir, was ich sehen wollte. Was mir nach nunmehr drei Tagen fehlte, war ein ordentlicher Schwanz oder eine saftige Möse oder beides zusammen. Aber weit und breit war nichts aufzureißen.

In meiner Position musste man natürlich vorsichtig sein, zumal ich das Gefühl nicht loswurde, dass ich vom Personal des Scheichs beobachtet wurde. Der nette Fahrer gehörte bestimmt dazu.

Unverhofft klingelte abends mein Handy. Eine angenehme, weibliche Stimme erreichte mein Ohr: »Hallo, Anna, schön dass du wieder da bist. Ich hatte schon Sehnsucht nach dir.«

Einen Augenblick war ich sprachlos, dann jubelte ich. »Sulima, bist du es?«

»Ja, wer denn sonst?«

»Können wir uns sehen?«, fragte ich.

»Nichts lieber als das. Mein Herr und Gebieter ist in Europa, ich habe also alle Zeit der Welt.«

»Wollen wir zusammen etwas essen?«

»Ja, gern, aber nicht in deinem Hotel, das ist nicht gut für uns. Gib deinem Fahrer frei, sag ihm, du brauchtest ihn erst morgen wieder. In einer halben Stunde hole ich dich etwa zweihundert Meter auf der rechten Seite vom Hoteleingang ab.«

»Okay, ich warte auf dich.«

**

Ich stieg in ihren silberfarbenen Porsche. Wir umarmten uns und mir kamen Freudentränen – schön, in so einem fremden Land eine Freundin zu haben!

Wir fuhren eine Weile und hielten vor einem Prachthotel mit fünf Restaurants. Wir gingen in das kleinste, ganz intim. Ein leckeres, feines Menü läutete den Abend ein. Beschwingt von ein paar Gläsern Champagner gingen wir in den Wellnessbereich, wo wir von zwei »Vollweibern« massiert wurden. Der Duft des Massageöls ließ mich fast schwindlig werden und ich schwebte wie auf Wolken.

Anschließend führten sie uns zu einer Wanne, die fast so groß war, wie ein kleiner Pool. Wir legten uns ins Wasser, das von unten leicht sprudelte. Die beiden Masseurinnen machten eine Art Streichelmassage zur totalen Entspannung. Dann bekamen wir eine etwas kühlere Dusche und fertig. Sie trockneten uns von oben bis unten ab, aber so, dass ich an meiner liebsten Stelle schon wieder feucht wurde.

Sulima ging es wohl nicht anders.

»Und nun?«, fragte ich.

»Mein Herr und Gebieter besitzt hier eine Suite. Die werden wir beziehen und uns verwöhnen lassen.«

Als wir die Suite betraten, schlug uns ein so berauschender Duft entgegen, dass er meine Sinne fast schwinden ließ.

Sulima schien in Abwesenheit des Scheichs selbst die Herrin zu sein. Drei blutjunge Mädchen machten einen tiefen Knicks, zwei stramme, gutaussehende Mulatten verbeugten sich. Wir legten uns auf ein riesiges Himmelbett. Sofort kamen die jungen Mädchen mit warmen Tüchern, die sie auf unseren Körpern verteilten. Ich wurde müde und bekam alles nur noch im Unterbewusstsein mit. Ich fühlte überall zarte Hände: im Gesicht, auf den Schultern, auf dem Bauch, zwischen den Schenkeln ... Jemand küsste zärtlich meine Knospen, gleichzeitig glaubte ich, eine Zunge in meiner Muschi zu fühlen oder war es ein kleiner Penis? Jedenfalls kam ein zarter Orgasmus, gefolgt von einem zweiten, schon nach kurzer Zeit.

Irgendjemand öffnete meine Schamlippen und liebkoste sie. Zur gleichen Zeit wurde ich zärtlich geküsst und meine Brüste gestreichelt. Es war, als ob ein Dutzend Hände meinen Körper an allen möglichen Stellen verwöhnten – es war wie aus Tausendundeiner Nacht!

Ein Orgasmus jagte den anderen. Irgendwann hörte ich auf zu zählen. Man drehte mich von der Rückenlage auf den Bauch. Zwei kräftige Hände hoben meinen Unterkörper an und ein riesiger Penis drang von hinten in mich ein. Langsam, zärtlich, ohne Hast. Träumte ich das alles nur oder war es Wirklichkeit? Es musste die Wirklichkeit sein, denn jetzt schüttelte mich ein Orgasmus so sehr durch, dass ich glaubte, abzuheben.

Mein Rücken wurde gestreichelt, meine Brüste massiert, dann lag ich wieder auf dem Rücken und in meiner Muschi bewegte sich etwas. Es war, als ob es zwei Zungen wären. Ich war aber so weit weg, dass ich weder die Augen aufmachen konnte, um zu sehen, was mit mir geschah noch etwas fragen konnte, denn gleichzeitig wurde mein Mund mit einem zarten Kuss verschlossen. Das musste eines der drei schönen Mädchen sein, dachte ich, ehe mich der nächste Orgasmus überkam.

Als ich endlich doch die Augen aufbekam, lag einer der schönen Mulatten neben mir. Er lächelte mich an, wälzte sich vorsichtig auf mich und drang mit seinem kühn geschwungenen Penis in mich ein. Dann schwanden mir wieder fast die Sinne. Ich spürte nur noch seinen herrlichen Schwanz, der pausenlos in mir herumwühlte ...

***

Als ich irgendwann in der Nacht aufwachte, lag Sulima neben mir und lächelte mich an. Sie küsste mich auf den Mund, meine Knospen und war dann mit ihrem schönen Gesicht plötzlich zwischen meinen Schenkeln.

Ich stöhnte vor Lust, so etwas hatte ich wirklich noch nicht erlebt. Auch sie zauberte noch einen Höhepunkt aus mir hervor, dann schlief ich ein.

***

Erst am Vormittag erwachte ich aus tiefem Schlaf und fühlte mich wie im Schlaraffenland. Neben mir schlief Sulima. Ich stand vorsichtig auf, ging ins Bad, wo ich eine bildschöne Dienerin vorfand. Sie half mir in das vorbereitete Rosenwasser. Was für ein Genuss!

Sulima kam etwa eine halbe Stunde später lächelnd herein und küsste mich. Dann zogen wir uns an und nahmen ein ausgiebiges Frühstück zu uns.

»Na, wie hat es dir gefallen?«, fragte sie mich.

»Es war überwältigend! Kann es sein, dass ich fast zehn Höhepunkte hatte?«

»Nein«, sagte Sulima, »das kann nicht sein! Es waren bestimmt zwanzig.«

Wir lachten.

Sulima wurde ernst und flüsterte: »Du bist von drei jungen Mädchen, zwei Mulatten und von mir einige Stunden verwöhnt worden. Das erleben nur ganz wenige, ausgesuchte, besondere Menschen, die dem Scheich besonders nahe stehen.«

»Und wieso bin ich hellwach? Eigentlich müsste ich nach so einer Liebesnacht kaum auf den Beinen stehen können und fix und fertig sein.«

»Du durftest dich zwischendurch immer wieder an einem köstlichen Getränk laben und der Duft des letzten Bades hat dich dann endgültig ins wahre Leben zurückgerufen. Wenn du nicht morgen nach Spanien fliegen müsstest und wir heute Abend nicht beim Scheich eingeladen wären, dann könnten wir das Ganze heute Abend noch einmal unbeschadet widerholen, du und deine schönste aller Mösen ...«

»Ja, schade.«

»Übrigens, Daniel White ist heute Abend mit von der Partie. Er hat alles Nötige erledigt, wird aber von Spanien aus hierher zurückkommen. Während du wohl nach Hause fliegen wirst, weil neue Aufgaben auf dich warten.«

»Wieso bist du über alles, was mich betrifft, so gut informiert?«

»Ich habe auch ein paar gute Bedienstete, die gute Ohren haben.« Sulima lächelte und zwinkerte mir zu.

***

Nach dem Abendessen fuhren Sulima und ich wieder in die wunderbare Suite. Wir liebten uns wie ein Paar in den Flitterwochen – ihre Fantasie kannte keine Grenzen. Sie veranstaltete Dinge mit mir und meiner Möse, von denen ich bisher nicht einmal zu träumen gewagt hatte. Ich war wie in einem Rausch.

Dann gab sie mir noch ein großes Glas von diesem Wundergetränk und in wenigen Minuten war ich topfit, obwohl ich auch in dieser Nacht einen Höhepunkt nach dem anderen erlebt hatte. Wozu brauchte ich eigentlich noch Männer?

Als Sulima aus dem Bad kam, legte ich sie auf unser Himmelbett und küsste ihren geilen, prallen, herrlichen Körper von Kopf bis Fuß und verweilte in ihrer üppigen Möse so lange, bis sie zwei Mal gekommen war. Dann spreizte ich ihre herrlichen Schenkel, legte meine Muschi auf ihre und fickte sie, bis wir beide kamen.

18. Auch Spanien hat geile Hengste

Eine Stunde vor der Landung in Spanien weckte mich der nette Daniel White. Schade, ich hatte gerade so süße Träume von der letzten Nacht mit Sulima gehabt. Meine Muschi schwamm fast über davon. Mein erster Weg war der zur Toilette. Dort spülte ich mein bestes Teil mit klarem Wasser, zog einen frischen Schlüpfer an und bestellte mir einen Kaffee.

Spanien, wir kommen, dachte ich, und trank den heißen spanischen Kaffee.

In der Reederei wurden wir freundlich empfangen. Alle Unterlagen lagen in Daniels Büro, das für meine Begriffe recht ärmlich eingerichtet war.

»Macht nichts, meinte Daniel, die ganze Bude wird in spätestens sechs Monaten abgerissen, im neuen Haus wird alles modern möbliert.«

***

Am nächsten Tag machten wir einen Rundgang durchs ganze Gelände, und ließen den spanischen Architekten, der unter Daniel die Bauleitung übernehmen sollte, kommen. Die Vorplanung sollte jetzt überarbeitet werden. Die fertigen Pläne erwartete Frank in zwei Monaten.

Am späten Abend verließen wir das Büro. Daniel wollte sich noch mit den Spaniern treffen, ich fuhr zurück ins Hotel. Nach dem Essen sah ich mir in einer Touristenbar rassische Flamenco-Tänzerinnen und knackige Flamenco-Tänzer an. Von denen hätte ich gern mal einen vernascht. Ihre Hintern steckten in engen schwarzen Hosen. Auch vorn wirkten sie sehr prall. Meine Muschi meldete sich wieder, doch ich kam ihr zuvor und telefonierte lieber mit Frank. Ich berichtete von meinen ersten Eindrücken.

***

Als ich am nächsten Morgen in die Hotelhalle kam, ging es da zu, wie in einem Bienenstock. Auf meine Frage, was los sei, berichtete mir ein Hotelbediensteter, dass hier in den nächsten vier Tagen ein Ballon-Flugwettbewerb stattfände. Als ich ihn ungläubig anblickte, fragte er mich, ob er mich heute Abend mal mit ein paar Ballonfahrern zusammenbringen sollte.

Ich fand die Vorstellung riesig.

Um neun Uhr abends begrüßten mich drei Spanier und als sie merkten, dass ich ihre schöne Sprache perfekt beherrschte, fragten sie mich direkt, ob ich nicht als ihre Dolmetscherin fungieren könnte. Ich lachte und sagte zu, allerdings nur für die nächsten drei Tage, dann musste ich in die USA zurück. Als Gegenleistung versprachen sie mir eine Ballonfahrt. Ich war begeistert. Morgen in der Frühe sollte die Probefahrt stattfinden. Ich erklärte mich bereit.

Da wir alle noch nichts gegessen hatten, gingen wir ins Hotelrestaurant und hatten eine Menge Spaß. Gegen zwölf machten wir Schluss, gern hätte ich einen von den dreien noch vernascht, oder auch alle drei ...

135

»Was halten Sie davon, wenn wir noch einen kurzen Schlummertrunk einnehmen?«, fragte mich einer der drei, als die anderen beiden sich verabschiedet hatten.

»Einverstanden«, sagte ich. »Gern bei mir, aber wirklich nur kurz.«

Als wir in meiner Suite ankamen, setzte sich Juan in einen der großen Sessel. Ich ging ins Bad und überlegte, ob ich ihn gleich vernaschen sollte oder erst morgen. Meine Muschi flüsterte: »Jetzt!« und mein Verstand sagte: »Morgen.«

Meine Muschi, die schon wieder schäumte, war stärker. Ich zog mich schnell aus, schlüpfte in einen leichten seidenen Morgenmantel und ging zurück zu meinem Spanier. Als ich ihm einen Cognac einschenkte, ging wie unbeabsichtigt mein Morgenmantel etwas auf. Juan nahm den Cognac, stellte ihn auf den Tisch, fasste mich bei den Hüften und setzte mich auf seinen Schoß. Er küsste mich ganz zart auf den Mund, strich mit einer Hand über meinen Rücken, sodass mich ein Schauer überlief. Er küsste meine Knospen, dann meinen Nabel, öffnete meine Schenkel etwas und versank mit seiner Zunge zwischen meinen Schamlippen. Ich zitterte leicht.

Er setzte mich auf die große Lehne seines Sessels und ging ins Bad. Nach zwei Minuten kam er wieder. Nackt, eine Figur wie gemeißelt, braungebrannt, leicht behaarte Brust, ein Prachtstück von Schwanz – nicht zu groß, nicht zu klein – einfach wie geschaffen für meine Muschi. So stand er vor mir und ließ sich bewundern. Ich griff zu, nahm seinen Schwanz in beide Hände und massierte ihn leicht. Er wuchs noch einen Zentimeter. Ich steckte ihn in den Mund und saugte vorsichtig an ihm herum, bis er aufstöhnte. Noch ein paar Zungenschläge und schon ergoss er sich. Ich spuckte erst seinen Schwanz, dann die ganze Ladung aus und kniete mich dann vor ihn. So bot ich ihm den schönsten Arsch der Welt dar und er drang tief in mich ein. Ein paar zärtliche Stöße und schon kam ich.

Er vögelte weiter, bis auch er noch einmal kam, dann zog er ihn aus mir, küsste mich und verschwand im Bad.

Als er zurückkam, war er angezogen und sagte: »Du bist wunderbar! Morgen wirst du ein Wunder erleben. Auf der Ballonfahrt wirst du meine Freunde Pablo und Alejandro näher kennenlernen und dann ...« Er zwinkerte und wünschte mir eine gute Nacht, küsste mich auf die Stirn und weg war er.

19. DIE SPANISCHE LUFTNUMMER

Juan holte mich pünktlich zum Frühstück ab und stellte mir seine Freunde nun offiziell vor. Dann machten wir uns auf zum Ballon. Ich wusste nicht so recht, was man zu einer Ballonfahrt anzog, deshalb hatte ich noch eine Tasche mit, worin sich eine geschlossene Bluse, eine Jacke und eine lange Hose befanden. Ich trug ein kariertes Hemd, einen leichten Pulli, einen kurzen Rock, Söckchen und Sportschuhe.

»Was haben Sie denn in Ihrer Tasche?«, fragte Pablo.

Ich klärte ihn auf.

Er lachte und sagte: »Wir sind drei Männer, die dich warmhalten werden, falls dir danach ist.«

Nach längerer Vorbereitung, die ich interessiert verfolgte, ging es los. Eine große Flamme schlug aus einem Brenner hervor und langsam erhob sich der Ballon in die Lüfte. Erst war mir etwas komisch, aber nach einer halben Stunde hatte ich mich daran gewöhnt. Es war ein erhebendes Gefühl!

In einem Rucksack, der am Boden stand, fand ich Coca Cola und Mineralwasser, ein mittelgroßes Lunchpaket war auch drin.

»Für alle Fälle«, meinte Juan.

Ich genoss die Fahrt, fühlte mich so richtig wohl. Die drei hatten eine Menge zu beobachten und zu besprechen, wovon ich nichts verstand. Es gehörte offenbar zu den Vorbereitungen für die Wettfahrten, die übermorgen begannen. Ich lehnte an der Reling und machte eine Menge Fotos.

Irgendwann spürte ich, wie eine Hand ganz frech über meinen Po strich, es war die von Juan.

»Ich wollte nur dein Röckchen ein wenig herunterziehen, damit meine Freunde bei dem Anblick nicht blind werden«, flüsterte er.

Stattdessen aber streichelte er meine Schenkel innen und vergaß auch nicht, meine Muschi zu begrüßen, indem er seinen Finger kurz reinschob. Die wurde gleich wieder feucht. Er zog seinen Finger heraus, denn er hatte mit der Navigation zu tun.

Alejandro, der Jüngste, schaute mich etwas verlegen an. Er hatte sehr wohl gesehen, wo sich Juan zu schaffen gemacht hatte. Wahrscheinlich hätte er es ihm gern nachgemacht.

Ich grinste, lehnte mich über die Reling und träumte vor mich hin. Plötzlich fühlte ich wieder eine Hand an meinem Po. Juan zog meinen Slip herunter, bis in die Kniekehlen, gab Pablo ein Zeichen. Der knöpfte seine Hose auf, holte einen ziemlich großen Ständer heraus und fickte mich von hinten. Juan zwängte sich unter meinen Kopf, setzte sich so auf die Reling, dass sein Schwanz genau auf meiner Schulter lag. Er hob meinen Kopf leicht an, ich nahm ihn in den Mund und waltete meines Amtes. Während Alejandro sich um die Navigation kümmerte, gerade ließ er wieder Feuer speien, vögelte Juan mich wie ein Weltmeister. Er zuckte leicht zusammen, als ich meinen ersten Orgasmus hatte, stieß dann aber sofort wieder zu. Nach einer Weile kam auch er. Er fickte aber munter weiter.

Juan zog sich aus meinem Mund zurück, ehe es ihm kam und spritzte die Ladung über Bord. Er packte sein Gerät wieder ein.

Pablo bekam einen weiteren Orgasmus. Aber er hatte wohl erst mal genug, denn sein Schwanz war kleiner geworden. Er strich mir leicht über meinen schönen Hintern, um ihn gleich an Alejandro zu übergeben. Der hatte im Verhältnis zu den anderen beiden ein etwas kleineres Ding in der Hose, das tat aber meiner Lust keinen Abbruch. Er ratterte in mir herum wie ein Hase, nur viel ausdauernder. Er vögelte und vögelte in meiner Muschi, dass es die reine Freude wurde. Als es mir zweimal gekommen war und ihm einmal, wechselte er in Abteilung zwei. Er fickte mich in meinen schönen Po und wühlte zeitgleich mit mehreren Fingern in meiner Möse herum – oh ja, ich glaubte, wir kamen dem Himmel immer näher!

Alejandro fand kein Ende. Er war scharf wie ein Rasiermesser. Jetzt wechselte er wieder in meine Muschi und entzündete ein Feuerwerk der Gefühle. Er massierte meine Titten und fand mit seinem kleinen, emsigen Schwänzchen kein Ende. Wieder ein Höhepunkt.

»Mach weiter«, schrie ich. »Du bist wunderbar!«

Er fickte mich ohne Unterlass, bis Juan der Meinung war, dass er auch mal wieder dran war. Er löste Alejandro ab. Kurz bevor ich fast wieder gekommen wäre, drang er mit seinem nun doch ziemlich großen Schwanz in mich ein. Er fickte nicht so hektisch, wie sein Vorgänger, aber er besaß seine eigenen Qualitäten. Langsam rein, langsam raus, einen Finger am Kitzler, zwei an meinen Titten. So konnte es den ganzen Tag weitergehen ...

Drei Männer vögelten mich ununterbrochen seit über einer Stunde und ich hatte noch immer nicht genug! Wahrscheinlich war die gute Höhenluft daran schuld.

Pablo fragte plötzlich, ganz Kavalier, ob er mir einmal seinen Schwanz in den Mund stecken dürfte.

»Warum nicht«, antwortete ich. »Nur zu.«

Er setzte sich, wie vorhin Juan, auf die Reling. Ich blies meine Backen auf und bescherte ihm ein paar schöne Minuten. Er jauchzte vor Lust, musste sich an den Seilen festhalten, um nicht über Bord zu gehen, dann kam es ihm auch schon. Auch seine Ladung spuckte ich über Bord, im gleichen Augenblick jauchzte Juan auf, auch er war gekommen.

Du lieber Gott, wenn ich das meinen Freundinnen erzähle, entweder sie werden blass vor Neid, oder sie glauben mir kein Wort. Von drei Männern auf engstem Raum in eintausendfünfhundert Metern Höhe zerfickt zu werden, ist wohl wirklich das Größte!

Ich sollte mir die drei samt Ballon als Spielzeug kaufen …

Juan hatte sich aus mir zurückgezogen. Seit fast zwei Stunden war ich das erste Mal ohne Penis.

»Hat noch jemand Lust oder machen wir eine Pause«, fragte ich herausfordernd.

»Wir machen eine Pause«, kam es wie im Chor.

»Ich habe Durst und auch Hunger, drei solche Liebhaber, wie ihr, die holen das Letzte aus einem heraus.«

Pablo reichte mir ein Sandwich und sagte: »Dafür bin ich aber gleich als erster dran!«

Juan hatte eine Cola für mich übrig und Alejandro reichte mir sein fleißiges Schwänzchen

»Steck das Ding weg, wir machen doch Pause«, befahl Juan.

Alejandro steckte ihn weg und schloss seine Hose.

»Habt ihr noch Mineralwasser in eurem Rucksack?«, fragte ich. »Ich möchte für die nächste Runde meine Muschi etwas frisch machen. Aber bitte dreht euch um. Es gibt Schöneres zu sehen, als eine Frau, die sich die Muschi wäscht.«

Kaum war ich fertig mit meiner Toilette, ich stand unten ohne vor den Männern, kniete sich Juan vor mich und steckte seine Zunge in meine blitzsaubere Muschi. Er züngelte so lange an meinem Kitzler herum, bis ich zitterte. Dann stand er auf, drehte mich um und steckte seinen Schwanz von hinten in meine schon wieder feuchte Oase. Das ganze Spiel begann von vorn – hei, wie war das Leben schön!

Wie schade, dass ich Frank versprochen hatte zu kommen. Drei solche strammen Ficker findet man nicht alle Tage. Blasen musste ich auf dieser Ballonfahrt nicht mehr, die drei wechselten sich in der nächsten Stunde ab, mich von hinten zu verwöhnen. Zweimal gab es auch einen Popofick. Ich habe schon so manches erlebt, so wie heute bin ich aber noch nie durchgevögelt worden. Ich glaube, ich hätte immer weitergemacht, aber plötzlich mussten wir landen. Wie schade!

Es kamen nach geraumer Zeit ein großer Jeep mit Anhänger und ein Wagen vom Hotel. Der Ballon, der Korb und das Ding, das Feuer spuckte, wurden verpackt und auf ging es zu dem Platz, wo wir morgens gestartet waren.

Im Hotel angekommen, ging ich erst einmal gründlich unter die Dusche. Abendessen war mit Daniel White angesagt, der mir noch letzte Informationen für Frank mitgab. Meine strammen Spanier hatte ich offenbar zur Strecke gebracht, keiner fragte bei mir an, ob er die Nacht mit mir verbringen könnte. Auch gut! Ich hatte ja doch ziemlich viel verkraftet. Über diese erste Reise mit einem Ballon würde ich wohl lange nachdenken, lange davon zehren.

Als ich zum Frühstück kam, waren meine Spanier schon weg, sie hatten ein paar Zeilen hinterlassen. »Liebe Anna«, stand dort, »bitte sei nicht böse, aber morgen früh beginnt unser Wettbewerb. Wir müssen uns heute voll darauf konzentrieren, obwohl wir lieber den Tag mit einer so wundervollen Frau wie dir verbringen würden. Wir danken dir für die schönen Stunden und werden dich nie vergessen!

Du bist das Größte, Schönste, Schärfste, Sensationellste, was wir bisher erleben durften!

DANKE ! DANKE ! DANKE !

Dein

Juan – Alejandro – Pablo«

20. Meine Muschi ist heiss

Burt holte mich vom Flughafen ab. »Der Chef ist in New York, er kommt morgen Abend zurück. Er möchte Sie dann möglichst noch sprechen«, sagte er.

»Wenn Sie zum Flughafen fahren, nehmen Sie mich einfach mit, wir holen ihn gemeinsam ab. Jetzt habe ich aber Wichtigeres vor: Ich brauche sofort einen strammen Max, mein Muschi zittert schon vor Verlangen.«

Burt hatte wohl mit so etwas gerechnet, denn er bog sofort von der Straße ab und fuhr in kleines Wäldchen. Ich sah, dass sich seine Hose wölbte.

Als er anhielt, ließ ich meine Lehne herunterfahren, riss seine Hose auf und spreizte die Beine. »Komm, fahr ihn ein, ich kann es kaum noch erwarten«, stöhnte ich ihn an.

Er tat, was ich verlangte, und ich verging fast vor Wonne. Egal, wer immer in meiner Muschi herumwühlte, Burts Schwanz war der Schönste, den wollte ich nie missen. Er brachte mich ganz schnell zu einem herrlichen Höhepunkt.

»Das reicht fürs Erste«, sagte ich. »Fahr nach Hause, dort machen wir dann weiter.«

Ich glaubte, er hätte gern noch weitergevögelt, sein Ding war noch stocksteif. Das hielt aber, bis wir zu Hause waren. Wir eilten in mein Zimmer. Ich zog mich aus, ging aber nach dem langen Flug erst einmal unter die Dusche. Der heiße Wasserstrahl tat gut, aber der schöne Schwanz, der sich in meine Muschi von hinten hineinjubelte noch mehr.

»Stoß zu!«, rief ich voller Lust.

Wir liefen, nass wie wir waren, in den Salon, ich legte mich auf den dicken Teppich, er sich auf mich und voller Inbrunst vögelte er meine Muschi, bis ich nicht mehr konnte.

Ich schlief erschöpft und gut versorgt ein, spürte noch, wie er mich ins Bett trug, meine Muschi zärtlich küsste.

***

Frank winkte mir müde zu, als er ankam. Er sah schlecht aus. Musste ich mir Sorgen machen? Er begrüßte mich freundlich, schien aber in Gedanken woanders zu sein.

»Geht es dir gut, Frank?«, fragte ich.

»Es geht so«, sagte er lächelnd. »Man wird eben alt.« Noch auf der Autofahrt schlief er ein.

Burt rief Dave, und zusammen trugen sie ihn nach oben. Wir zogen ihn vorsichtig aus, brachten ihn ins Bett. Dann rief ich seinen Arzt an, bat ihn, sofort zu kommen.

Nach einer knappen Stunde war er da.

Frank war gerade erwacht. Als er den Arzt sah, fragte er: »Was wollen *Sie* denn hier?«

»Ihre Frau hat mich angerufen. Es geht Ihnen wohl nicht so gut, wie ich hörte.«

Der Arzt prüfte Franks Blutdruck, dann den Puls und machte ein bedenkliches Gesicht. »Ihr Blutdruck und der Puls sind sehr hoch, obwohl Sie gerade aus dem Schlaf kommen.«

Dann wandte er sich an mich. »Ihr Mann braucht absolute

Ruhe und eine gründliche Untersuchung. Bitte sorgen Sie dafür, dass er morgen Vormittag in die Klinik fährt. Dort wird ein ›Generalcheck‹ gemacht. Voraussichtlich werden sie ihn einige Tage in der Klinik behalten, dort können die Ärzte dann mehr über seinen Zustand sagen.«

Der Arzt verabschiedete sich von uns.

Ich fragte Frank, ob ich diese Nacht in seinem Zimmer bleiben sollte. Er verneinte, aber wollte noch mit mir reden.

Er kam direkt und ohne Umschweife zur Sache: »Mir geht es seit einiger Zeit gesundheitlich nicht so gut, und deshalb werde ich auf den Vorschlag vom Arzt eingehen und mich durchchecken lassen und wenn nötig, auch in der Klinik bleiben. Ich möchte dich aus diesem Grunde bitten, mich zu vertreten, bis ich wieder selbst das Steuer in die Hand nehmen kann. Und irgendwann wirst du die Leitung der Firma sowieso übernehmen.«

»Frank, dein Vertrauen ehrt mich und ich werde die Firma gern in deinem Namen vorübergehend leiten. Dann ruh dich jetzt aus, morgen ist ein wichtiger Tag.«

Als ich Frank mit einer leichten Decke zudecken wollte, nahm er mich in die Arme und küsste mich sehr sanft, fast zärtlich. Mir schossen die Tränen in die Augen, ich schluchzte, konnte nicht an mich halten.

»Weine nicht«, flüsterte er mir ins Ohr. »Es wird alles gut.«

***

Punkt acht Uhr erschien ich bei Frank. Es schien ihm etwas besser zu gehen als gestern. Nach einem guten Frühstück holte Burt seinen Koffer und fuhr uns in die Klinik. Die Aufnahmeformalien wurden schnell erledigt, ich brachte Frank auf sein Zimmer und wir wurden dort mit zwei Schwestern bekanntgemacht, die ihn betreuen würden.

Ich verabschiedete mich von Frank, der mir noch einige Anweisungen gab, dann ging ich zum Wagen und ließ mich von Burt direkt zur Reederei fahren.

Als Erstes ging ich zu Jane Adams, Franks Sekretärin. Sie war erfreut, mich zu sehen.

»Kommen sie mit«, sagte Jane. »Ich möchte Ihnen ein paar Dinge vorlegen, die abgezeichnet oder unterschrieben werden müssen.«

Wir gingen zusammen in Franks Büro. Es war ein riesiger Raum mit dunklen, mächtigen Möbeln aus der viktorianischen Zeit. Dieses Büro war mir schon immer unheimlich gewesen, da würde ich mich erst dran gewöhnen müssen. Dieser gewaltige antike Schreibtisch mit dem großen Sessel, in dem ich fast verschwand, jagte mir Angst ein. Rechts davon ein schwarzer, unheimlicher Schrank, einfach schrecklich. Wenn man Akten aus dem oberen Bereich brauchte, war eine Leiter nötig.

Die Sitzecke, auch schwarz, mit fünf klobigen geschnitzten Sesseln und einem potthässlichen Sofa, machten mich bestimmt depressiv. Die Bücherregale mit Folianten, die nie ein Mensch lesen würde, waren ein Albtraum. Man hätte meinen können, die stürzten jeden Augenblick auf einen nieder.

Jane hatte mich wohl die ganze Zeit beobachtet, denn sie lächelte verständnisvoll.

21. SEXTRÄUME

Mein nächster Besuch fand bei Oliver Simpson, Franks rechter Hand, statt. Auch er hatte so eine hässliche Sitzecke, nur nicht ganz so groß. Als ich in einem der dunklen Sessel Platz nahm, versank ich fast darin. Oliver war ein gutaussehender, angenehmer Mensch und ich mochte ihn, seit wir in Dubai gewesen waren.

Während er noch wichtige Telefongespräche erledigte und einige Schriftstücke sortierte, die er mit mir durchgehen wollte, saß ich verloren da und kam auf dumme Gedanken. Oliver kam langsam auf mich zu, setzte sich auf die Sessellehne, streichelte mit der einen Hand meinen Nacken, mit der anderen Hand öffnete er meine Bluse, dann den BH. Er massierte meine Titten, küsste sie. Ich wühlte durch seinen üppigen Haarschopf. Das träumte ich eine Weile, merkte nicht einmal, dass er aus dem Raum ging.

In meinem Traum verließ er die Sessellehne, öffnete seine Hose und zog einen hübschen steifen Schwanz hervor, den er zwischen meine Brüste schob. Er machte einen süßen, kleinen Tittenfick. Bevor es ihm kam, stand er auf, hob mich aus dem Sessel, setzte sich hinein und mich auf sich. Langsam glitt sein Schwanz von hinten in mich hinein, ich stöhnte vor Lust, zitterte leicht.

»Ist Ihnen nicht gut?«, hörte ich plötzlich wie von ferne eine Stimme. Oliver stand neben mir, machte ein erschrockenes Gesicht.

»Nein, alles in Ordnung. Ich bin wohl von der Reise noch etwas müde, war kurz eingeschlafen und hatte einen ganz dummen Traum.«

»Das tut mir leid«, meinte er. »Wenn Sie wollen, machen wir morgen weiter. Die Dinge, die ich mit Ihnen besprechen wollte, sind nicht sehr eilig.«

»Nein, nein, lassen Sie uns einen starken Kaffee kommen und dann gehen wir die Sachen durch.«

Nach einer Stunde waren wir fertig. Ich ging zurück in Franks Büro. Das Erste, was ich erledigte, war der Wechsel meines feuchten Slips. Vorher sagte ich Jane, dass ich nicht gestört werden wollte, legte mich auf das riesige Sofa, steckte mir zwei Finger in meine Muschi und träumte, es wäre der Penis von Oliver. Nach kurzer Zeit hatte ich einen mittelmäßigen Orgasmus, zog den Slip wieder an und schlief ein. Der Traum, den ich jetzt hatte, war seltsam. Ich kam nach Hause, Frank lag in meinem Bett, hatte nichts an, sein riesiger Schwanz stand stocksteif in die Höhe.

»So, mein Schatz«, sagte er mit strenger Miene. »Dein Lotter- leben ist vorbei, der Professor hat mich gesund gemacht. Jetzt gehörst du wieder mir, jetzt vögeln wir täglich zwei- bis dreimal. Der Chauffeur und der Gärtner werden morgen kastriert, das Haus am See wird verkauft, außer Haus wird nicht mehr gefickt! Nun komm, steige auf, reite zur Hölle!«

Ich hatte Reitstiefel und Reithosen an. Die Hosen hatten allerdings ein Loch, durch das man mich vögeln konnte. Ich bestieg ihn, ritt los, gab ihm Zunder mit der Reitpeitsche. Am Horizont stand ein Segelboot. Als ich nach dem dritten Orgasmus dort ankam, stieg ich ab, ging in das Boot, wo Burt und Dave auf mich warteten. Wir segelten los, auf nimmer Wiedersehen.

Beide fielen, wie gewohnt, über mich her, fickten in mir herum, bis ich um Hilfe schrie, denn das Boot kenterte ...

Jane weckte mich und versuchte, mich zu beruhigen.

»Sie wollten Ihren Mann in der Klinik besuchen, der Chauf- feur wartet schon«, sagte sie, nachdem ich zu mir gekommen war. »Aber darf ich Ihnen einen guten Rat geben? Sie sollten, ehe Sie hier starten, ein paar Tage Urlaub machen. Erst Dubai, dann Spanien, jetzt den kranken Chef, das bringt die stärk- ste Frau auf die Bretter. Wenn Sie erst in einer oder in zwei Wochen beginnen, wird die Reederei nicht untergehen, Sie haben doch zuverlässige Mitarbeiter.«

Burt brachte mich zur Klinik, Frank freute sich über meinen Besuch, konnte mir aber noch nichts Näheres sagen.

»Morgen gehen die Untersuchungen weiter und in drei Tagen habe ich die Ergebnisse«, meinte er.

Ich leistete Frank Gesellschaft, indem ich bei ihm auf dem Bett sitzen blieb, während er aß. Er bot mir etwas an, aber ich lehnte ab. Wir unterhielten uns noch ein halbes Stündchen, dann bat mich Frank zu gehen. Offenbar hatten ihn die Untersuchungen angestrengt.

22. ENTSPANNTE SEXTAGE

Burt fuhr mich nach Hause, die Fahrt verlief wortkarg, ich machte mir ernsthafte Sorgen um Frank. Nicht auszudenken, wenn ihm etwas passierte. War ich den Aufgaben ohne ihn wirklich gewachsen?

Ich aß eine Kleinigkeit, zappte im TV herum, fand aber nichts Interessantes. Nicht einmal meine Muschi war feucht – welch ein trostloses Dasein.

***

Nachdem ich in der Reederei den ganzen Tag gearbeitet hatte, fuhr ich wieder zu Frank. Er machte einen besseren Eindruck als gestern und strahlte, als ich sein Zimmer betrat. Neben ihm stand der Professor.

»Muss ich mir Sorgen machen?«, fragte ich verunsichert.

»Nein, ich habe gute Nachrichten für Sie«, sagte der Professor. »Der von mir befürchtete Herzinfarkt ist nicht eingetreten, Bypässe, wie befürchtet, braucht er auch nicht. Was er aber braucht, ist eine längere Auszeit. Frank ist total erschöpft, hat einfach in den letzten Jahren zu viel gearbeitet. Ein Segen für ihn, dass es Sie gibt. Frank hat mir erzählt, was Sie in letzter Zeit für ihn und die Reederei geleistet haben, alle Achtung! Er kann also ohne Not eine längere Therapie antreten.«

»Was heißt denn längere Therapie? Wie lange wird mein Mann dort sein?«

»Etwa drei Monate.«

Ich sah zu Frank, wollte wissen, wie er diese Neuigkeit auffasste.

Er strahlte und sagte: »Das ist wunderbar. Ich will wieder ganz auf die Höhe kommen und ich glaube, ich habe auch endlich mal eine Auszeit verdient. Wann geht es los?«

***

Ich war froh, Frank in heiterer Stimmung in der Klinik zurückzulassen. Er freute sich auf seine Auszeit und ich freute mich für ihn.

Was meine Freude allerdings ein wenig trübte, war, dass sich Burt zwei freie Tage erbeten hatte und nun saß ich in diesem Taxi und fuhr nach Hause.

Der Taxifahrer war ein junger, sympathischer Mann, genau der richtige, der meine feuchte Muschi wieder auf Vordermann bringen konnte. Die arme Muschi stand schon seit Tagen in Wartestellung, brauchte dringend eine Erfrischung.

Das Ganze war schnell geregelt. Nachdem ich dem Taxifahrer gesagt hatte, dass er sich noch einhundert Dollar dazuverdienen könnte, machte er Feierabend und sah mich erwartungsvoll an.

Ich schnappte ihn mir.

Sein Entsetzen war groß, als er im Haus erfuhr, dass er mit mir ins Bett sollte. »Aber ich bin schwul«, sagte er mit Bedauern in der Stimme. »Tut mir leid. Die einhundert Dollar hätte ich mir gern verdient, ich finanziere mein Studium als

Taxifahrer und könnte jeden Dollar gebrauchen.« Er schaute mich traurig an.

Das konnte ich aber nicht mit ansehen. »Hier hast du die einhundert Dollar. Ich lasse uns jetzt etwas zu essen aus der Küche kommen, dann trinken wir eine gute Flasche Wein und unterhalten uns ein wenig.«

»Danke! Ich bin Antonio«, sagte er. »Und wie heißen Sie?«

»Anna. Du kannst ruhig auch Du zu mir sagen.«

Nach einem leckeren Abendessen machte er eine Flasche Wein auf und wir unterhielten uns über Gott und die Welt. Bei der dritten Flasche fragte ich ihn, wie man denn Homo würde und ob das angeboren wäre. »Und du hast wirklich noch nie etwas mit einer Frau gehabt?«

»Doch, bin aber kläglich gescheitert.«

»Wieso das? Erzähle.«

»Es ist schon eine Weile her. Wir hatten High-School-Abschlussparty und einiges getrunken. Als ich nach Hause gehen wollte, sprach mich eine Lehrerin, Miss Brown, an und fragte, ob ich sie nach Hause bringen könnte. Das wollte ich und ging mit ihr zur nächsten Taxe. Sie nahm mich mit zu sich in die Wohnung. Dort setzte ich mich auf die Couch. Mir war das Ganze unangenehm, ich hatte wirklich keine Ahnung, was die von mir wollte. Sie fragte mich, mit wie vielen Frauen ich schon geschlafen hätte und ich sagte wahrheitsgemäß, mit keiner. Sie fing an, böse und schrill zu lachen, rief, dass es höchste Zeit sei und sie lachte immer lauter und bösartiger, dabei zog sie sich aus. Was ich da sah, erschreckte mich. Immerhin wusste ich, wie gutgebaute Frauen aussahen. Miss Braun aber sah schlimm aus. Zwei Brüste, die schlaff herunterhingen, einen Kugelbauch, den man, als sie angezogen war, nicht bemerken konnte und einen Hintern, der komisch wackelte und irgendwie herumhing. Ich ekelte mich. Sie hatte eine unbändige Kraft, warf mich um, riss meine Hose auf und zog sie mir aus. Ich war wie gelähmt. Ich lag auf dem Rücken. Sie nahm meinen Penis in die Hand und massierte ihn. Der blieb aber, wie er war, wurde kein bisschen steif, wie ich das schon früher bemerkt hatte, wenn ich am Badestrand hübsche Mädchen im Bikini sah. Sie wurde böse, setzte sich auf mich und scheuerte auf mir herum. Mein Bauch wurde ganz feucht. Als das auch nicht half, fing sie an, hysterisch zu schreien. Dann nahm sie meinen Penis in den Mund, leckte und kaute darauf herum. Zum Schluss biss sie zu und ich schrie vor Schmerz. Wütend griff sie zum Telefon und sagte: ›Hallo, komm mal rüber, ich hätte da etwas für dich.‹ Sie zog sich wieder an. Und als ich dasselbe tun wollte, schrie sie mich an, ich sollte liegen bleiben, ich würde Besuch bekommen. Nach zehn Minuten klingelte es. Sie verließ das Zimmer, ging zur Tür, um jemanden hereinzulassen. Ich hörte eine Männerstimme, ein netter junger Mann, etwas älter als ich, kam herein. ›Ich bin Henry‹, sagte er. ›Hat dich die alte Hexe vögeln wollen? Mach dir nichts draus, das hat sie mit mir auch schon versucht. Als ihr Mann sie vor zehn Jahren verlassen hat, ist sie ein böses, keifendes Weib geworden, das manchmal ausflippt und dann unbedingt einen Mann im Bett braucht, aber offenbar hat dir das auch nicht gefallen.‹ Er streichelte mir erst den Kopf, dann den Rücken, küsste mich ganz zart auf den Bauch und streichelte meinen Penis. Ich wusste nicht, wie mir geschah, mir wurde fast schwindlig und plötzlich wuchs mein Penis. Henry zog sich aus und wir legten uns nebeneinander. Es war ganz eigentümlich, aber sehr schön, und angenehmer als mit der alten Hexe. Wir küssten uns, dann nahm er meinen Penis ganz vorsichtig in den Mund. Nach kurzer Zeit hatte ich einen

151

Orgasmus. Dann drückte er mich in eine kniende Position und kam hinter mich. Ich spürte plötzlich, wie er mit seinem Penis in mich eindrang. Erst bekam ich einen gewaltigen Schreck, dann war es aber angenehm. Er nahm mich mit zu sich nach Hause, wo das Ganze noch einmal von vorn begann. Ob ich sein Freund werden wollte, fragte er mich. ›Warum nicht‹, erwiderte ich, nicht ahnend, dass er mit mir wie Mann und Frau zusammenleben wollte. Das wollte ich aber nicht und so blieb es bei einer netten Freundschaft. Wir sehen uns ab und zu, gehen auch zusammen ins Bett, aber mehr nicht.«

»Das klingt aber nicht sehr euphorisch«, wandte ich ein.

»Ist es auch nicht. Ich weiß jetzt zwar, dass ich auf Männer stehe, aber eine feste Beziehung möchte ich nicht. Wichtig ist mein Studium, dass ich erst einmal zu Ende bringen möchte – das dauert ungefähr sechs Jahre –, dann sehen wir weiter.«

»Und wie und wo lebst du?«

»In einer Studentenbude.«

»Hast du niemanden, der sich um dich kümmert oder dich unterstützt?«

»Meine Eltern haben sich früh scheiden lassen, meine Mutter lebt in Chile, wo sie auch herstammt, von meinem Vater weiß ich nichts.«

»Und von dem Taxi-Geld kannst du leben?«

»Mehr oder weniger, ja. Samstags arbeite ich noch bei einem Mexikaner.«

»Wenn du willst, kannst du hier schlafen.«

»Und wo?«, fragte er.

»Das kannst du dir aussuchen. Entweder auf der Couch oder in meinem riesigen Doppelbett. Da kannst du, wenn du willst, genügend Abstand halten.«

Er grinste, sagte aber nichts.

Frisch geduscht und splitternackt huschte er eine halbe Stunde später in mein Doppelbett. Schamhaft hielt er die Hände über sein bestes Stück.

Jetzt grinste ich. Ich kam gerade aus dem Bad. Er lag so dicht an der Bettkannte, dass er fast herausfiel. Zwischen ihm und mir war beinahe ein Meter Platz.

»Dreh dich mal um«, flüsterte ich.

Das tat er. Dann bekam er riesige Augen, als er mich ohne alles vor ihm auf dem Rücken liegen sah.

»Wie gefällt dir der Anblick?«

»Du bist eine schöne Frau. Schade, dass ich auf Männer stehe.«

Ich rückte näher zu ihm, kraulte seine leicht behaarte Brust, küsste eine Brustwarze und tastete mich langsam abwärts. Als ich einen seiner Schenkel streichelte, versuchte er, etwas von mir abzurücken und als ich seinen Schwanz, der ein klein wenig gewachsen war, anfassen wollte, drehte er sich um und legte sich auf den Bauch. Ich küsste seinen Nacken und fuhr mit den Fingernägeln ganz sachte an seiner Wirbelsäule entlang. Dann streichelte ich zart seinen Rücken, danach seinen Po und küsste seine strammen Pobacken. Endlich fing er leise an zu stöhnen. Nach meinem leichten Druck öffnete er seine Schenkel etwas. Ich massierte ganz sanft seine ziemlich dicken Eier.

»Hör auf«, stöhnte er. »Das hält kein Mensch aus.«

»Hält er doch«, flüsterte ich ihm ins Ohr.

Dann steckte ich meine Zunge zwischen seine Pobacken. Er zitterte am ganzen Körper. Ich packte ihn bei einer Hüfte und wälzte ihn auf den Rücken. Was ich da sah, war überwältigend. Ein Schwanz wie gemeißelt, wunderschön, nicht zu groß, leicht geschwungen. Einfach schön. Er stand wie eine Eins.

Und der ist ein Schwuler?, dachte ich. *Niemals! Das bildet er sich nur ein!*

Ganz langsam und vorsichtig bestieg ich ihn, führte dieses herrliche Gerät in meine feuchte Muschi ein, die vor Glück jauchzte – oder war ich das?

Antonio stöhnte. Ich bewegte mich ganz langsam auf und ab, da kam es ihm schon. Ein mächtiger Strahl füllte meine Muschi. Antonio durchfuhr es wie ein Erdbeben.

»Oh nein«, stöhnte er. »Das kann doch nicht wahr sein! Ich glaube, ich sterbe.«

»Im Gegenteil«, frohlockte ich, stieg von ihm ab, zog ihn auf mich und ermunterte ihn, sein Rohr in meiner Muschi zu versenken. Das tat er voller Lust, stieß zu wie ein junger Hengst. Ich sah Sterne und hörte Engel singen. Ein Höhepunkt jagte den anderen. Sein Schwanz blieb groß und stark und er fickte mich ohne Pause. Eine ganze Stunde oder noch länger.

***

Als ich gegen Morgen aufwachte, lag er bereits wieder auf mir und vögelte ohne Unterlass in meiner geilen Muschi herum – Halleluja!

»Fickt so ein Homo?«

»Weiß nicht«, flüsterte er. »Ich weiß nur, dass es herrlich ist, das hätte ich nicht gedacht.« Er vögelte immer weiter und ich glaubte, er hörte nie wieder auf. Das war genau der Kerl, den ich suchte. Der war ja noch besser als Burt, und das wollte etwas heißen ...

»Zieh ihn mal raus«, sagte ich. »Ich muss mal kurz aufstehen.«

»Ich auch«, meinte er.

Gemeinsam gingen wir ins Bad, er direkt unter die Dusche. Es war sechs Uhr am Morgen. Ich duschte mit ihm. Wir schrubbten uns gegenseitig den Rücken, dann führte ich seine Hand zwischen meine Beine. Er steckte einen Finger in meine Muschi und rührte darin herum. Sein bestes Stück stand wieder kerzengerade in die Luft.

»Komm, lass uns wieder ins Bett gehen, wir haben noch zwei Stunden Zeit.«

Er flitzte hinter mir her.

Ich legte mich auf mein Bett, spreizte die Beine und hui, war er wieder in mir. Wie sensationell der in mir herumfickte, das war schon weltmeisterlich! Warum hatte ich diesen Supermann erst heute kennengelernt? Den würde ich mir warmhalten.

Nach zwei Stunden wankten wir aus meinem Bett, nachdem ich seinen jetzt nicht mehr ganz so steifen Schwanz innig und dankbar geküsst hatte und er mich ungläubig ansah.

»Das war ja himmlisch!«, jubelte er. »Mach das bitte noch einmal.«

Also legte ich ihn noch mal auf den Rücken, kniete mich über sein Gesicht und sagte: »Jetzt bist du dran.«

Das hätte ich nicht sagen sollen, denn er starrte mich entsetzt an. Hatte ich jetzt alles verdorben?

»Bitte nicht«, stammelte er. »Ich glaube, das kann ich nicht.«

»War ja auch nur ein Scherz«, beruhigte ich ihn und stand enttäuscht auf.

Als ich später darüber nachdachte, wurde mir klar, dass er das wahrscheinlich überhaupt nicht kannte. Na, Schwamm drüber, vielleicht bekam er mit der Zeit noch Spaß daran.

Wir frühstückten noch zusammen, dann fuhr ich ihn zur Universität.

»Wann sehen wir uns wieder?«, wollte ich wissen.

»Wann immer du willst. Es war schön mit dir.«

»Das freut mich. Wir sollten uns schon heute wiedersehen, die nächsten Tage bin ich verhindert, mein Chef wird auf längere Zeit verreisen und ich vertrete ihn in dieser Zeit.«

»Du scheinst einen wichtigen Job zu haben«, meinte Antonio. »Hast du überhaupt Zeit für so einen unbedeutenden Menschen, wie mich?«

»Ja, habe ich, und unbedeutend bist du bestimmt nicht. Was studierst du eigentlich?«

»Mathematik.«

»Donnerwetter! Und da meinst du, du wärst unbedeutend? Erstens musst du ziemlich klug sein, zweitens bist du ein liebenswerter Kerl und drittens kannst du stundenlang fast ohne Pause vögeln. Das ist phänomenal!«

Bei dem Gedanken wurde meine Muschi wieder feucht.

Inzwischen erreichten wir die Universität. Ich setzte Antonio ab, fragte ihn, wann er fertig war.

»Gegen vier Uhr nachmittags. Würde aber gern nach Hause.«

»Dann hole dich ab, bringe dich nach Hause und später fahren wir zu mir und machen es uns gemütlich.«

»Okay, bis dann.« Er winkte mir kurz zu, dann verschwand er in der Menge der Studenten.

Als ich in der Reederei ankam, erwartete mich eine schlechte Nachricht. Im Landhaus am See war eingebrochen worden.

Scheiße!, dachte ich und rief sofort die Polizei an.

»Am besten, Sie fahren direkt dorthin, bestellen gleich einen Schlüsseldienst. Unsere Spurensicherung und ein Polizist erwarten Sie dort.«

Ich fuhr los. Das Ganze war äußerst unangenehm. Der Cop stellte dumme Fragen, warf mir vor, dass Türen und Fenster schlecht gesichert wären, dass keine moderne Alarmanlage vorhanden war, wo das Haus doch ziemlich abseits läge und offenbar kaum bewohnt wurde.

»Das lädt ja Einbrecher förmlich ein«, meinte er Kaugummi kauend.

Und ich dachte: *Das geht dich einen Scheißdreck an!* Sagte aber: »Sie haben recht. Das war wirklich leichtsinnig von mir. Ich werde es sofort ändern.«

»Sie sind wertvoll eingerichtet und offenbar selten hier. Wie ich sehe, besitzen Sie hinten im Garten ein massives kleines Häuschen. Warum lassen Sie da nicht jemanden, zum Beispiel einen Wachmann, wohnen?«

»Ja, das ist eine gute Idee von Ihnen. Mir fällt auch jemand ein, dem ich den Job anbieten kann.«

Der Cop freute sich über mein Lob. »Gegen eine Tasse Kaffee hätten ich und meine Kollegen nichts einzuwenden«, sagte er grinsend.

Während die Kaffeemaschine brodelte, schaute ich mich um. Doch mir fiel nicht auf, was fehlte. Sonderbar war, dass in dem einen Gästezimmer zwei leere Weinflaschen auf dem Tisch standen. Und die Betten waren zerwühlt.

»Können Sie feststellen, was fehlt?«, fragte der Cop.

»Auf den ersten Blick nichts, glaube ich.«

»Dann waren es wohl nur ein paar harmlose Penner, die übernachten wollten. Sie sollten wirklich etwas für die Sicherheit tun.«

Ich nickte.

Der Kaffee war fertig. Im gleichen Augenblick kam der Schlüsseldienst. Ich strahlte den Polizist an und sagte: »Sie sind doch der Spezialist, würden Sie dem Herrn vom Schlüsseldienst sagen, was er machen soll?«

»Wenn Sie mich so freundlich bitten, habe ich wohl keine Wahl. Was darf denn die ganze Sache ungefähr kosten?«

»Veranlassen Sie alles, was nötig ist, um das Haus so sicher wie möglich zu machen. Die Kosten spielen keine Rolle.«

»Wird erledigt!«

Nachdem ich alle mit Kaffee versorgt hatte und jeder wieder seinen Job machte, schaute ich mir das Gartenhäuschen an. Ich hatte es noch nie von innen gesehen. Richtig gemütlich war es. Es gab zwei kleine Räume, einer zum Wohnen und Kochen, der andere zum Schlafen, und darüber noch einen kleinen Spitzboden. Ideal für einen jungen Studenten, mit dem man ab und zu intensiv vögeln konnte ...

Ich kletterte die steile Holztreppe hoch, um zu sehen, wie groß der Raum war. Als ich mitten auf der Treppe stand, hörte ich ein Geräusch von unten. Der Cop sah zu mir rauf und grinste.

»Sie haben Ihren Slip vergessen, Gnädigste.«

»Den habe ich nicht vergessen. Ich lasse ihn öfter aus, wenn es so warm ist wie heute. Außerdem tut frische Luft an dieser Stelle gut und für vorwitzige Polizisten scheint es ein schöner Anblick zu sein.«

»Da haben Sie recht«, sagte er und kletterte vier Stufen hoch. Er packte mit festem Griff zwischen meine Schenkel und steckte mir einen Finger in die Muschi.

»Sie sind ja ein ganz Schlimmer«, sagte ich und ging langsam rückwärts die Treppe hinunter. Als ich unten ankam, hob er mich auf die alte Liege, die da stand, schloss die Tür ab, machte seine Hose auf und rammte mir einen kleinen strammen Max zwischen die Schamlippen. Emsig bewegte er sich hin und her. Wir kamen fast zur gleichen Zeit. Dann zog er seine Hose wieder an.

»War das alles?«, fragte ich ihn.

Doch er war schon weg.

Ich schloss die Tür ab, ging zum Haus zurück, da sah ich noch die Rücklichter seines Polizeiwagens.

»Flachmann«, dachte ich und ging unbefriedigt ins Bad, um mir meine Muschi auszuspülen.

***

Endlich war es nachmittags und ich holte Antonio, meinen Superhengst, ab, von dem ich mir erhoffte, dass er alles wieder gutmachte.

Der Mann vom Schlüsseldienst versprach mir ein Angebot mit Kostenvoranschlag. Der Mann von der Spurensuche verabschiedete sich. »Viel Hoffnung können wir Ihnen nicht machen. Das waren keine Profis. Es sieht so aus, als wären es lediglich zwei Übernachtungsgäste gewesen, die sich nur einmal ausgeschlafen haben.«

Ich fuhr zur Reederei und beauftragte Jane, Flugtickets für Frank und mich zu besorgen, da wir nach Miami in die »Better Life Reha-Clinic« fliegen mussten.

Ich hatte mir vorgenommen, Frank zu begleiten, denn ich wollte sehen, wie er dort untergebracht war. Außerdem konnte ich mir mal Miami ansehen und ein bisschen abschalten. Als ich es Frank erzählte, strahlte er und freute sich.

***

Endlich holte ich Antonio von der Universität ab und brachte ihn nach Hause. Ich sagte ihm, dass ich noch etwas zu besorgen hätte und ihn gegen sieben Uhr abholen würde. Ihm passte das gut.

Frank wartete schon auf mich. »Morgen Nachmittag werde ich entlassen. Kannst du mich abholen?«

»Aber natürlich. Wenn du Lust hast, fahren wir noch kurz zum Landhaus. Da waren letzte Nacht zwei Einbrecher. Sie haben nichts mitgenommen, scheinen lediglich in einem Gästezimmer geschlafen und zwei Flaschen Wein getrunken zu haben.«

»Das Landhaus ist dein Haus. Bitte kümmere dich selbst darum, ich möchte damit nichts zu tun haben«, sagte er schroff.

»Okay.« Ich war etwas irritiert über seine Antwort, ließ es aber darauf beruhen.

Der Professor kam herein. Als ich ihm sagte, dass ich meinen Mann auf dem Flug nach Miami begleiten wollte, machte er einen entspannten Eindruck.

***

»Du fährst ja in eine völlig andere Richtung«, sagte Antonio, als er bei mir im Auto saß, und sah mich verwundert an.

»Das ist eine Überraschung. Warte einfach ab.«

Als wir beim Landhaus ankamen, fiel er aus allen Wolken. »Das ist ja ein toller Schuppen«, freute er sich. »Aber was wollen wir hier?«

»Erst mal übernachten.«

»Hast du denn einen Schlüssel?«

»Wäre ja schlimm, wenn ich für mein eigenes Haus keinen Schlüssel hätte ...«

Jetzt war er völlig von den Socken. »Dein Haus? Wahnsinn!«

»Komm«, sagte ich ungeduldig, »lass uns jetzt endlich hineingehen. Ich muss ganz dringend gefickt werden.«

Antonio erschrak ein wenig. Offenbar hatte er noch nicht begriffen, dass sein Schwulendasein wohl ein Irrtum war. Dass er es gut mit Frauen konnte, hatte er letzte Nacht bewiesen. Er fickte wie ein Weltmeister. Nach und nach würde ich ihm die Feinheiten beibringen. Was er jetzt konnte, war ein strammer Fick – teils mit etwas Gewalt oder Härte, was ich ja bekanntlich ab und zu brauchte. Alles andere würde ich ihm zeigen. Ich war überzeugt, dass er ein gelehriger Schüler sein würde. Aber nicht heute! Heute sollte er noch einmal kräftig zustoßen.

Sein strammer Max landete in meiner Möse, die schon seit einer halben Stunde vor sich hin getröpfelt hatte.

»Stoß zu!«, feuerte ich ihn an. »Ich brauche das jetzt!«

Das zweite Wunder geschah: Er fickte mich fast eine Stunde lang, ohne Pause. Als er seinen Schwanz aus meiner Jule zog, stand der immer noch.

»Das kann doch nicht wahr sein! Du warst fast eine Stunde in mir und dein Ding steht immer noch?«

»Ich kann das auch nicht erklären. Das liegt wahrscheinlich an dir, du machst mich unersättlich. Mit meinem Freund konnte ich höchstens zehn Minuten hintereinander, dann kam nichts mehr.«

Mit dir werden wir noch viel Spaß haben, dachte ich. Dabei gingen mir meine scharfen Freundinnen durch den Kopf. Bei der Ausdauer, die Antonio hatte, konnte er die alle auf einmal oder hintereinander vögeln.

Meine Freundin Pamela, die Chefin vom »Sea-Restaurant«, machte große Augen, als sie uns sah.

»Anna! Lange nicht gesehen. Dass es dich noch gibt ...«

»Das ist Antonio, ein sehr guter Freund«, stellte ich meine Begleitung vor.

Als ich zur Toilette ging, kam mir Pamela hinterher und wollte unbedingt wissen, was ich mir da für einen tollen Jüngling aufgerissen hatte.

»Das ist ein Student, der einen hinreißenden Schwanz in der Hose hat und zwei Stunden ohne Pause ficken kann. Wenn alles gut geht, wird er mein Wachmann im Landhaus werden. Bei uns wurde nämlich eingebrochen und ich fühle mich nicht mehr sicher, weißt du.«

»Wunderbare Idee. Und wann kann ich mich mit ihm verlustieren?«

»Wenn er hier einzieht und du ihn herumkriegst, schon nächste Woche. Ich fliege nächste Woche nach Miami und bleibe wahrscheinlich vierzehn Tage weg. Aber Vorsicht! Der

Junge ist auf diesem Gebiet absoluter Neuling. Er hat bis vor wenigen Tagen geglaubt, er sei schwul! Außer einer unbändigen Ausdauer hat er sexuell noch nicht viel drauf, das muss ich ihm alles noch beibringen. Wenn du aber einmal richtig knallhart durchgefickt werden willst, bist du bei ihm genau richtig.«

Nach dem Essen verschwanden Antonio und ich. Ich war mir sehr sicher, dass Pamela bereits auf ihrer Couch lag und es sich selbst machte. Ganz im Gegenteil zu mir, denn ich vögelte wieder weit über eine Stunde mit Antonio.

Als erste Lehrstunde sollte er sich auf den Rücken legen und ich setzte mich auf ihn. Zum Schluss war er fix und fertig.

Überrascht war ich, dass er von dem Wachmann-Posten nicht so begeistert schien.

»Du würdest mietfrei am See wohnen, ein festes Gehalt bekommen und damit wäre dein Studium gesichert. Alles nur für deine Anwesenheit. Den Garten macht ein Gärtner, essen kannst du im ›Sea-Restaurant Miller‹. Meine Freundin wird dir garantiert einen günstigen Preis machen. Außerdem brauchst du kein Taxi mehr zu fahren und bei dem winzigen Mexikaner brauchst du auch nicht mehr zu jobben. Und das Beste: Zum Vögeln hast du mich. Herz, was willst du mehr?«

»Anna, bitte sei nicht böse, aber das ist nicht mein Ding. Es ist alles wie ein Märchen, aber ich kenne dich überhaupt nicht, weiß nicht, wer du bist. Bist du wirklich so reich, wie du vorgibst, ist das wirklich dein Landhaus? Nächste Woche fliegst du nach Miami. Kommst du wirklich wieder oder platzt das hier alles wie eine Seifenblase? Ich bin ein geselliger Mensch, aber hier bin ich allein, ich werde eingehen. Da bleibe ich lieber in meiner Kaschemme wohnen, mitten unter Menschen. Außerdem, von der Universität bis hierher sind es fast fünfzig Kilometer. Lass uns das alles vergessen, lass uns gute Freunde bleiben, ich fahre mein Taxi, du leitest eine Firma. Wenn wir Lust haben, treffen wir uns und haben Spaß dabei. Alles ist gut wie es ist – unkompliziert – und so soll es auch bleiben.«

Ich war wie vor den Kopf gestoßen. Damit hatte ich wirklich nicht gerechnet. »Antonio, wieso glaubst du mir nicht? Wozu sollte ich dir vormachen, ich sei wohlhabend, hätte eine Firma und mir gehöre dieses Landhaus? Was in aller Welt könnte ich davon haben, dir Dinge zu erzählen, die nicht stimmen? Es wurde in meinem Haus eingebrochen, was mich dazu bewegte, es endlich durch einen Wachmann bewohnen zu lassen. Wie eine Erleuchtung kam es über mich, dass genau du der Richtige wärst, diesen Job, der ja in Wirklichkeit gar keiner ist, zu übernehmen. Dass ich dabei auch daran dachte, wie ausdauernd du vögeln kannst und dass wir ab und zu, wenn ich dich hier besuche, viel Spaß haben könnten, sei nur am Rande bemerkt. Ich bin zwar um einige Jahre älter als du, denke aber bitte nicht, ich hätte es nötig, einen Mann um seine Gunst anzubetteln! Wenn ich will, kann ich jeden Tag mehrere Männer haben. Ich muss dich nicht wirklich haben, ich hätte dich aber gern!

Wenn du willst, dann kannst du, während ich in Miami bin, in meinem Haus wohnen, ohne, dass du deine Wohnung kündigst. Der Kühlschrank wird gefüllt sein, damit du frühstücken kannst, abends kannst du bei Pamela im ›Sea-Restaurant Miller‹ essen oder dir selbst etwas machen. Menschen wirst du hier genug kennen lernen, denn es ist eins der beliebtesten Ausflugsziele in der Umgebung. Du wirst also bestimmt nicht allein sein, und junge Frauen fürs Bett findest du mehr als genug! Wir beide sind nicht verheiratet. Was uns zusammengeführt hat, ist, dass wir uns sympathisch sind und gern zusammen vögeln. Das heißt nicht, dass du nicht mit anderen das Gleiche tun kannst, und ich natürlich auch. Ich ficke für mein Leben gern und das zu jeder Tages- oder Nachtzeit!«

Er nickte in Gedanken.

»Jetzt sollten wir schlafen gehen, es ist fast zwei Uhr. Ich muss um neun Uhr in der Reederei sein. Überleg es dir ...«

Er schaute mich unsicher an, brachte kein Wort heraus.

»Möchtest du bei mir schlafen oder lieber in einem anderen Zimmer?«

»Wie hättest du es denn gern?«, grinste er mich jetzt an.

»Am liebsten in meinem Bett und ich würde gern noch einmal gevögelt werden, aber bitte nur kurz, keine ganze Stunde.«

Wir eilten ins Schlafzimmer, legten uns in mein Bett und ab ging die Post. Nach etwa zwanzig Minuten musste ich ihn gewaltsam aus meiner Möse entfernen. Er fickte ohne Unterlass. Ich bettelte ihn an, aufzuhören, aber er hörte nicht. Da kniff ich ihm einfach fest in die Eier. Er schrie auf, zog sein Ding aus mir und legte sich beleidigt auf die andere Seite. Auf meinen Gute-Nacht-Wunsch reagierte er nicht.

***

Als ich gegen sieben Uhr erwachte, steckte er schon wieder in mir und vögelte mich von hinten. Wenn ich nicht ins Büro gemusst hätte und er zur Uni, hätte er es vielleicht bis zum Abend durchgezogen. Ihm traute ich alles zu ...

Wir frühstückten zusammen. Ehe wir gingen, nahm er mich noch mal in seine starken Arme. »Bitte verzeih mir, dass ich gestern so ablehnend reagiert habe. Was in dieser kurzen Zeit alles auf mich zugekommen ist, hat mich wohl etwas durcheinander gebracht. Es ist ja wirklich wie ein Wunder! Also, ich bin einverstanden und würde gern dein Wachmann werden.« Dann küsste er mich.

»Wunderbar, ich freue mich«, sagte ich und küsste ihn auch.

23. Behutsame Vögelei

Frank und ich fuhren direkt in die Reederei. Als wir ankamen, waren alle da, Daniel war aus Spanien zugeschaltet. Die Sitzung ging bis spät in den Abend. Frank forderte seine Mitarbeiter auf, mich nach Kräften zu unterstützen. Nach Ende der Sitzung, gegen zehn Uhr, gab es noch ein längeres Gespräch mit Jane Adams. Sie versprach Frank, dass sie eng mit mir zusammenarbeiten würde.

Frank und ich schliefen in der Reederei. Am nächsten Morgen gab mir Frank die Tresorschlüssel, Bankvollmachten, Schlüssel zum Geheimfach in seinem Schreibtisch und eine Liste wichtiger Anschriften. Alles andere besaß Jane.

Mittags aßen wir mit dem Führungsteam im Reederei-Casino, wo Frank sich dann verabschiedete. Auch von mir. Er sagte nicht, wo er die Nacht verbringen wollte. Gut, ich war ihm ja auch keine Rechenschaft schuldig.

Ich fuhr nach Hause und beauftragte Dave, meinen geliebten Gärtner, meine Koffer zum Flughafen zu bringen. Als ich mich von ihm verabschiedete, schaute er mich bekümmert an.

»Sei nicht traurig«, sagte ich. »Wenn ich wieder da bin, dann kommt ihr beide eine ganze Nacht lang zu mir und dann holen wir alles nach.«

Ich packte mein Handgepäck und schwang mich in meinen Wagen, um Antonio abzuholen. Ich würde heute mit ihm im Landhaus übernachten. Wenn Frank die letzte Nacht außer Haus war, brauchte ich auch nicht da zu sein.

Abends ging ich mit Antonio bei Pamela essen. Ich erzählte ihm von meinem Plan. Er strahlte, wollte aber vor dem Essen noch einmal von innen meinen Puls messen. Er packte mich, legte mich auf sein Bett und schon war er wieder in mir. Nach zehn Minuten und zwei Höhepunkten sagte ich energisch: »Schluss jetzt! Du weißt, was passiert, wenn du ihn nicht herausziehst.«

Das wirkte. Er zog ihn ganz schnell heraus, duschte ihn kurz ab und dann gingen wir zu Fuß zum »Sea-Restaurant Miller«.

Pamela stieß einen Freudenschrei aus. »Setzt euch, hier, die Speisekarte. In einer Stunde habe ich Zeit für euch, dann können wir ein bisschen quatschen.«

Nach einer knappen Stunde kam Pamela zu uns und brachte eine gute Flasche Wein mit an den Tisch. Antonio entschuldigte sich, und ging zur Toilette.

»Morgen früh fliege ich mit Frank los. Antonio wird im Landhaus wohnen. Ich habe ihm empfohlen, abends bei dir zu essen. Mach ihm einen anständigen Preis, er ist ein armer Student.«

»Darauf kannst du dich verlassen. Er kann essen, so viel er will, und vögeln auch. Du hast doch nichts dagegen, oder?«

»Natürlich nicht. Er ist noch ein Greenhorn im Bett, wie ich dich kenne, wirst du ihm einiges beibringen.«

Pamela schlug vor: »Sollten wir nicht gleich heute anfangen? Ich schlafe bei euch im Landhaus und wir machen einen flotten Dreier zu deinem Abschied.«

»Bitte nicht. Wir sollten ihn nicht überfordern. Er muss behutsam an unsere Vögelei herangeführt werden. Sonst bringt er es fertig und haut ab.«

»Schade.«

»Wie ich dich kenne, hast du ihn schon bald auf dir und in dir, aber bitte mit etwas Geduld, erschreck ihn nicht. Wenn du ihn erst mal im Bett hast, wird er zum Vulkan und fickt dich stundenlang in Grund und Boden. Vorsicht, da kommt er.«

Nach einer Stunde gingen wir. Pamela küsste ihn auf beide Wangen und mich auch.

166

Antonio legte sich zu mir ins Bett, küsste mich erst auf den Mund, dann auf beide Knospen. Schließlich konnte er sich nicht mehr beherrschen. Er stieß zu wie ein Stier und fickte mich auch so. Das war zwar wunderbar und genau das, was ich ab und zu brauchte, aber nicht immer. Da würde ich noch einiges ändern müssen. Na, vielleicht tat Pamela in den nächsten Wochen schon etwas in dieser Richtung, sie hatte ja genug Erfahrung mit geilen Kerlen.

»Oh, wie geil«, stöhnte ich in mich hinein. »Bist ja wirklich wie ein Hengst. Jetzt kann ich nachempfinden, wie sich Katharina die Große gefühlt hat. Ich brauche aber keinen Hengst – ich habe dich, Antonio.«

War das jetzt der zweite oder der dritte Höhepunkt? Ich wusste es nicht. Jedenfalls schüttelte es mich gewaltig durch.

»Jetzt stoß noch ein paarmal kräftig zu, dann will ich schlafen, ich habe eine anstrengende Reise vor mir.«

Das ließ sich Antonio nicht zweimal sagen. Er rammelte in mir herum, dass ich Sterne sah und vor Lust brüllen musste. Es kam noch ein Orgasmus, dann konnte und wollte ich nicht mehr. Als es jetzt auch bei ihm kam, rief ich: »Hör auf, ich kann nicht mehr.«

Er zog seinen unverschämten Ständer aus mir heraus, dann schliefen wir auf der Stelle ein.

***

Um fünf Uhr summte der Wecker. Antonio hörte ihn nicht. Ich schlich ins Bad, duschte erst heiß, dann eiskalt und noch einmal heiß. Ich zog einen Slip an, dann ein Hemdchen, gerade wollte ich mir ein leichtes Sommerkleid überziehen, da stürmte mein scharfer Hengst herein, schob eine riesige Latte vor sich her.

Er sagte: »Bück dich mal.«

Ich tat es und hielt mich am Waschbecken fest. Schon hatte ich sein Ding in meiner taufrischen Möse. Die freute sich, genau wie ich. Das war der erste Morgenfick in meinem Leben, bei dem ich auf die Uhr schaute.

»Zieh ihn raus«, schrie ich. »In zwanzig Minuten müssen wir fahren.«

»Dann könnten wir noch fünf Minuten ficken«, keuchte er. »Frühstücken kannst du im Flugzeug.«

So geschah es. Er duschte später noch liebevoll meine heiße Muschi ab, ich zog mich an und ab ging die Post.

***

Vor einem der Haupteingänge des Flughafens hielt er an.

»Nimm es mir nicht übel, aber Abschiede sind nicht mein Ding.« Er küsste mich auf den Mund, stieg aus, holte mein Handgepäck aus dem Kofferraum und brachte mich bis zur Glastür. Dann verschwand er winkend.

Ich ging zum Schalter.

Frank stand schon da, verabschiedete sich gerade von einem Hünen, ganz in schwarz gekleidet.

Sieht aus wie ein Leichenbestatter, dachte ich noch, bevor ich ihn fröhlich begrüßte.

»Du siehst müde aus«, sagte Frank.

»Ich habe schlecht geschlafen. Im Flugzeug kann ich ja den Schlaf nachholen.«

»Dann lass uns gehen.«

Im Flugzeug frühstückte ich und schlief danach augenblicklich ein. Als ich drei Stunden später aufwachte, sah ich, dass Frank auch schlief. Wecken wollte ich ihn nicht. So bestellte ich mir mein Mittagessen. Ich nagte gerade an einem saftigen Hähnchenschenkel, da wurde er wach.

»Hallo, meine Liebe, warum hast du mich nicht geweckt?«

»Wir haben eine Menge Zeit, haben noch fast zweieinhalb Stunden vor uns, warum sollte ich dich wecken?«

»Da hast du auch wieder recht.«

Er bestellte sich das Gleiche wie ich. Anschließend bestellten wir noch einen Kaffee.

»Ich weiß überhaupt noch nicht, warum du so ein Geheimnis daraus machst, wo deine Klinik ist«, sagte ich nach einer Weile.

Frank räusperte sich: »Es ist wichtig, dass so wenige wie möglich meinen zukünftigen Aufenthaltsort kennen. Denk daran, ich bin der Besitzer einer der größten Reedereien der Welt. Da kommt schon mal der eine oder andere auf dumme Gedanken und könnte mich um die Ecke bringen wollen. Das gilt nun leider auch für dich. Du bist tief in das Geschäft einge-stiegen. Aber bitte, mach dir keine allzu großen Sorgen. Noch ist alles gut. Im Notfall bin ich jederzeit für dich erreichbar. Du wirst während meiner Abwesenheit sehr viel zu tun haben.«

Ich verdrückte vor Rührung wieder einmal ein paar Tränen. Frank nahm mich in seine Arme und beruhigte mich. Dass auch ich ein großes Sicherheitsrisiko war, seit ich offiziell seine Vertreterin war, war mir nicht bewusst gewesen. Frank hatte organisiert, dass ich seit einigen Tagen, genau wie er, rund um die Uhr überwacht wurde. Das fiel mir am Flughafen sofort auf. Dort stand nämlich genauso eine riesige schwarze Limousine wie in Los Angeles, und ein großer schwarzgekleideter Mann.

»Das ist dein Sicherheitsdienst«, belehrte mich Frank.

Die Klinik war umwerfend.

Eine Suite, in der man sich verlaufen konnte, mit großer Terrasse, Whirlpool und allem Komfort, den man sich denken konnte. Wahnsinn!

Wir frühstückten am nächsten Morgen zusammen. Frank

rückte mit der Sprache raus: »Es gibt in einer der Werften hier in Miami ein halbfertiges Schiff namens ›Saltwater Line‹. Der Reeder, der es bestellt hat, ist pleite. Jetzt sucht die Werft einen solventen Käufer. Schiffsbaupläne können teilweise noch geändert werden. Schau zu, ob es für uns in Frage kommt. Wenn ja, dann handle einen vernünftigen Preis aus. Wenn nein, dann lassen wir es eben.«

Diese schwarze Limousine mit dem Mann in Schwarz stand vor dem Eingang. Er nahm mich in Empfang und wir fuhren in die Nähe des Hafens, wo mein Hotel, das »Marriott«, lag.

Meine Koffer wurden aufs Zimmer gebracht. Ich zog mich aus und nahm erst mal ein erfrischendes Bad. Dann ließ ich vom Zimmerservice einen Kaffee kommen. Auf dem Tisch lag ein großer, dicker Briefumschlag: Mein Dienstplan, wie ich erkannte.

»Hallo Anna, ich habe dir alles noch mal aufgeschrieben, was zu tun ist, ich hoffe, du nimmst mir das nicht übel! Denke immer daran: Du tust das alles für uns und für dich. Eines Tages wirst du alles erben. Wie heißt es in der Bibel so treffend: ›Im Schweiße deines Angesichtes sollst du dein Brot verdienen.‹

Ich glaube, was einmal dir gehören wird, ist etwas mehr als Brot. In Liebe, Frank.«

Verdammt, jetzt musste ich schon wieder heulen!

Mein Fahrer stand für mich bereit. Der Wagen hielt im Hafen von Miami. Ich bewunderte die Größe des Hafens. Er sah völlig anders aus als unser in Burbank, Los Angeles.

Der Chef der Werft empfing mich mit zwei weiteren Herren.

»Bitte setzen Sie sich«, sagte der Chef und bot mir einen Stuhl und Mineralwasser an. »Wir hatten vor, Ihnen heute als erstes die Pläne und Fotos des Schiffes auszuhändigen, morgen Vormittag dann eine Besichtigung, anschließend können Sie gern Ihre Fragen stellen.«

»Okay, einverstanden«, sagte ich. Ich war froh, dass es jetzt keine große Sache wurde. Der Flug steckte mir noch in den Knochen und ich hatte Lust zu schlafen.

Man händigte mir alles aus, ich stieg in meine »schwarze Limousine« und ließ mich ins Hotel fahren.

Meine Muschi war weder heiß noch feucht, das kam wirklich selten vor. Nicht einmal der Fahrer vom Sicherheitsdienst, der unverschämt gut aussah, hätte mich jetzt gereizt. Ich wollte nur schlafen. An der Rezeption bat ich um ein paar Sandwiches und eine Kanne schwarzen Tee. Alles wurde mir aufs Zimmer gebracht.

***

Am nächsten Morgen, als ich um sieben Uhr aufwachte, stand alles unberührt da. Ich hatte mehr als zwölf Stunden geschlafen. Das Frühstück ließ ich mir bringen. Ich musste mich dringend über die Schiffspläne hermachen, denn um zehn Uhr war der Termin, und den dicken Briefumschlag hatte ich auch noch nicht durchgearbeitet. Ich öffnete den Umschlag. Da war noch ein zweiter, verschlossener Umschlag drin, handschriftlich.

»Hallo Anna, wahrscheinlich wirst du dich wundern, wenn du die Pläne und Fotos betrachtest und meinen, ein Schiff dieser Größenordnung passt nicht zu meiner Reederei. Mag stimmen, schau es dir trotzdem an und melde dich bei mir, wenn sich alles bei dir gesetzt hat.«

Ich wurde neugierig und schaute mir die Fotos an. Und tatsächlich: Ich fiel aus allen Wolken. War das vielleicht eine optische Täuschung? Es handelte sich hier doch um ein kleines Schiff für höchstens einhundertzwanzig Passagiere. Was wollte Frank denn damit?

Unser kleinster Liner nahm dreitausend Passagiere auf, der größte und neuste etwas mehr als viertausend. Da wirkte dieses

Schiff fast wie ein Beiboot. Sogleich nahm ich mir die Pläne vor. Da stand: 4.500 t – 108 m lang – 15 m breit – 120 Passagiere – 95 Mann Besatzung.

Wollte Frank Kaffeefahrten veranstalten?

Bestürzt rief ich ihn an. Er war nicht erreichbar, hatte aber hinterlassen, ich sollte am Nachmittag anrufen.

Jetzt hatte ich noch eine halbe Stunde Zeit. Mein erster Schrecken war verflogen und ich beschäftigte mich mit der Einrichtung. Luxus pur! Marmorbäder, goldene Armaturen in den großzügigen Bädern, alle mit großer Wanne und Whirlpool. Fünf Bars, zwei Restaurants, ein kleines Theater, das auch als Kino diente, Schwimmbad, Saunen, Dampfbad, Wellnessbereich, zwei Aufzüge und so weiter.

Es war Liebe auf den zweiten Blick!

Wie ein Blitz schlug es bei mir ein, wie wir dieses Luxuslinerchen, bei dem es an nichts fehlte, einsetzen konnten. Das würde ich zunächst für mich behalten. Jetzt hieß es, einen kühlen Kopf zu behalten und sich nicht anmerken zu lassen, dass ich bereits über beide Ohren in das Objekt verliebt war.

Es klopfte an der Tür. Der Chauffeur war da. In wenigen Minuten trafen wir auf der Werft ein. Eine Dame und drei Herren empfingen mich in einem hellen Büro. Zwei Stunden informierte man mich ausführlich. Jetzt wusste ich alles, was ich wissen musste: Über die Entstehung des Projektes, über den tatsächlichen Wert, über die Preisvorstellungen, über Lieferzeiten, über Änderungsmöglichkeiten. Das Schiff war zwar noch im Bau, aber fast fertig.

Wir gingen zu ihm.

Beinahe wäre ich in Bewunderungsschreie ausgebrochen, so überwältigt war ich. Jetzt musste ich einen kühlen Kopf bewahren! Jede begeisterte Äußerung würde Millionen kosten.

172

Ich lächelte also still vor mich hin, machte hier und da eine zurückhaltende Bemerkung, lobte hier, kritisierte da – alles in Maßen.

Eines wusste ich ja: Das Schiff musste weg! Der zukünftige Besitzer aus Sankt Petersburg wurde enteignet und für viele Jahre eingesperrt, da war also nichts zu holen. Der aufwendige Luxus war nach wirtschaftlichen Gesichtspunkten überhaupt nicht zu bezahlen. Kurz, dieses Prachtstück, das mich inzwischen begeisterte, wie noch nie etwas in meinem Leben, war eigentlich unverkäuflich. Das wussten die Leute von der Werft auch. Ich saß also am längeren Hebel und das wollte ich bei den weiteren Verhandlungen zu Ausdruck bringen.

Nach über zwei Stunden verabschiedete ich mich. Es gab einen neuen Termin in drei Tagen.

***

Zurück im Hotel, rief ich Frank an.

»Na«, fragte er, »wie gefällt dir das Schiff? Kannst du es gebrauchen?«

»Wieso ich? Das ist doch kein Spielzeugschiff und ich kein kleines Mädchen, dem man es schenken könnte.«

»In absehbarer Zeit wirst du die Leitung der Reederei übernehmen, ich werde langsam müde. Bis dahin kannst du mit dem ›Kleinen‹ schon mal üben! Aber jetzt Scherz beiseite. Dieses Schiff ist ein einziger Luxus! Passagiere, die es nutzen wollen, müssen sehr viel bezahlen! Die Klientel für so etwas ist vorhanden. Schiffe in dieser Größenordnung, die bis in jeden entlegensten Winkel dieser Erde fahren können, gibt es zwar schon, aber nicht in dieser Super-Luxus-Klasse. Wenn du es also für einen vernünftigen Preis erwerben kannst, werden wir es nicht nur auf deinen Namen taufen, du wirst es auch betreiben, als jüngste ›Luxus-Reederin‹ der Welt.«

173

»Übertreibst du jetzt nicht?«

»Nein, wieso? Nach meinem Ableben gehört dir die Reederei, warum solltest du nicht bis dahin eine eigene haben? Letztendlich will ich noch einige Jahre leben und zwar baldmöglichst in Ruhe, ohne geschäftlichen Stress. Ich überlege gerade, ob ich mir für meinen Lebensabend hier in Miami eine Immobilie anschaffe. Dann kannst du mich ab und zu besuchen und mir von deinen Erfolgen mit der Reederei berichten. So, meine Liebe, ich möchte noch ein wenig in den Park. Mach's gut und viel Erfolg bei der Verhandlung.«

***

Ich zog mich um und ging zur Rezeption. Da saß der Fahrer. Oh, wie sah der gut aus!

»Bitte bringen Sie mich aus der Stadt, ich möchte ein bisschen abschalten. Ich hatte einen anstrengenden Tag.«

»Und wohin?«

»Das weiß ich nicht, ich war noch nie hier.«

»Ich auch nicht.«

»Dann fahren Sie einfach los. Wenn Sie ein schönes Plätzchen sehen, halten Sie an. Später lade ich Sie, wenn es Ihnen recht ist, zum Abendessen ein.«

»Danke, gern«, sagte er erfreut lächelnd und fuhr los.

Irgendwann, wir waren sehr lange gefahren, kamen wir an einem kleinen Waldstück vorbei.

»Hier vielleicht«, fragte der Fahrer.

»Ja, halten Sie an. Das scheint ganz schön zu sein.«

Ich stieg aus, lehnte mich an den Kofferraum und genoss den Ausblick, er blieb im Wagen sitzen.

»Warum leisten Sie mir nicht Gesellschaft?«, fragte ich. »Kommen Sie zu mir!«

Er kam strahlend aus dem Auto. »Sie sehen das wohl etwas

174

lockerer. Ich bin da, um wichtige Leute zu fahren und zu beschützen. Mein Job gibt mir vor, gebührenden Abstand zu halten, besonders, wenn es sich bei der zu beschützenden Person um eine sehr gutaussehende Dame handelt.«

»Donnerwetter!«, sagte ich beeindruckt. »Charmant sind Sie auch noch! Nun setzen Sie sich endlich neben mich, rücken Sie ruhig etwas näher. Wie heißen Sie eigentlich?«

»Mike Cooper.«

»Sagen Sie Anna zu mir. Sollen Sie mich wirklich den ganzen Tag beschützen?«

Er nickte. »Ihre Reederei hat mich und meinen Kollegen für unbestimmte Zeit gebucht. Egal, wo Sie hinwollen, wir sollen Sie begleiten. Wenn Sie das Flugzeug nehmen, begleitet Sie mein Kollege, wenn Sie mit dem Wagen fahren, bin ich zuständig.«

»Dann fahre ich mit dem Auto«, sagte ich spontan und lächelte ihn vielsagend an.

Er wurde etwas verlegen und lief rot an, als ich ihm meine Hand locker auf sein Knie legte.

»Wollen wir ein Stück spazieren gehen?«, fragte er.

»Ja, warum nicht?«

Er schloss den Wagen ab und wir verschwanden direkt im Wald. Nach einer Weile kamen wir auf eine kleine Lichtung. Ich setzte mich ins trockene Gras, er sich neben mich. Mein leichtes Sommerkleid war etwas hochgerutscht, mein Slip lugte frech hervor. Mike schaute sich das an, sagte aber nichts.

»Jetzt haben Sie zwei Möglichkeiten: Entweder, Sie sind ein ganz normaler Kavalier, dann ziehen Sie das hochgerutschte Kleid bis zu meinem Knie herunter oder Sie sind ein heißer Kavalier, dann schieben Sie das Kleid nach oben, den Slip nach unten und schauen sich die ganze Sache näher an.«

Bei diesen Worten war ich schon dabei, langsam seine Hose aufzuknöpfen. Schnell hatte er mir den Slip ausgezogen, sah sich tatsächlich meine Muschi an und zitterte leicht.

Ich spreizte meine Beine und zog seinen Kopf dazwischen. Damit hatte er wohl nicht gerechnet. Er versuchte, sich zu wehren, aber das gelang ihm nicht. Ich legte mein linkes Bein auf seinen Hinterkopf, jetzt war er gefangen. Ohne zu zögern steckte er seine Zunge in meine feuchte Muschi und leckte, was das Zeug hielt.

Ich stöhnte vor Lust, als es mir zum ersten Mal kam.

Jetzt befreite ich ihn aus seinem feuchten Gefängnis, legte mich andersherum auf ihn und nahm seinen steifen Penis in den Mund. Auch er begann wieder, in mir herumzulecken. Im nächsten Augenblick dachte ich, ich müsste ertrinken, ein so gewaltiger Strahl kam aus seinem Rohr. Er gab verschiedene Töne von sich, dann nahm er mich von hinten. Dabei hatte er eine eigene Art. Schnell rein, ganz langsam raus, schnell rein, langsam raus. Jetzt langsam rein, schnell raus. Oh, wie schön! So hatte es mir noch niemand gemacht.

Nach seinem dritten Höhepunkt zog er ihn aus mir. Sein bestes Stück war jetzt viel kleiner.

»Ich brauche eine Pause«, sagte Mike. »Du hast den schönsten Arsch, den ich je gesehen habe.« Dann küsste er denselben und ging tief zwischen meine Pobacken mit der Zunge. Ich schüttelte mich vor Lust, massierte seinen Schwanz, bis er wieder stand und flüsterte: »Fick mich in den schönsten Arsch, den du je gesehen hast.«

Er schaute mich entgeistert an. »Das habe ich noch nie gemacht! Ich dachte, das gibt es nur zwischen Schwulen.«

»Falsch gedacht, mein Lieber, nun mach schon!«

»Von hinten oder von vorn«, fragte er.

»Am liebsten von hinten, dann kannst du mit deinen Fingern in meiner Möse herumwühlen.«

Er tat, was ich wollte und ich verging fast vor Lust. Ich stöhnte und winselte vor mich hin. »Dich nehme ich heute Nacht mit ins Bett«, flüsterte ich. »Du musst mich doch beschützen.«

»Jetzt brauche ich aber erst etwas zu essen«, sagte er. » Dann fahren wir ins Hotel und vögeln die ganze Nacht.«

»Kannst du denn eine ganze Nacht ficken?«

»Klar, mit so einem Prachtweib wie dir geht alles. Man kann ja ab und zu eine schöpferische Pause machen.«

Wir gingen in ein kleines, hübsches Restaurant zum Essen. Anschließend bummelten wir noch ein wenig durch die Stadt, bevor wir ins Hotel zurückschlenderten. Erst an der Rezeption entdeckte ich, dass er nicht nur im gleichen Hotel wohnte, sondern direkt neben mir.

»Und wo übernachtet dein Kollege?«

»Auf der anderen Seite von deinem Zimmer.«

Wir legten uns erst einmal in die Wanne. Er wusch in meiner Muschi herum und ich rubbelte seinen Schwanz ab. Meine Muschi wurde heiß, sein Schwanz wieder steif und ab ging es ins Zimmer. Er legte mich bäuchlings über den mächtigen Sessel und fragte: »Arschfick oder in deine saftige Fotze?«

Diese Tonart gefiel mir, da wurde ich immer scharf.

»Fick mich erst in den Arsch und spiel mit meinem Kitzler, dann ist die Möse dran.«

Er war wirklich ein recht guter Ficker.

Nach einer halben Stunde hatte er mich so weit, dass ich eine Pause brauchte. Wir gingen ins Bett. Ich legte mich mit dem Kopf auf seinen Waschbrettbauch und beobachtete seinen kleinen, hübschen Schwanz. Ab und zu küsste ich das geile Schwänzchen, schlief aber irgendwann ein.

***

Als ich die Augen aufschlug, war es dunkel. Mike lag hinter mir und war gerade dabei, seinen nun wieder steifen Pimmel in meiner Muschi zu versenken. Er machte es ganz langsam und zärtlich, dann hielt er still, ließ seinen Schwanz tief in mir stecken und streichelte meine Nippel. Es war wie im Märchen. Ohne, dass er sich in mir bewegte, kam ich wieder, ganz leise und einfach schön. Für so viel Zärtlichkeit musste ich ihn direkt belohnen. Erst küsste ich ihn zwischen seine strammen Arschbacken, dann nahm ich seinen Schwanz in die Hand und schleckte mit meiner Zunge direkt rund um seine Eichel. Er stammelte unverständliche Worte.

Bei der nächsten Pause sagte er: »So schön wie mit dir war es noch mit keiner Frau!«

Das glaubte ich ihm aufs Wort, denn wenn ich eines konnte, dann war es, Männer zu ficken und zu blasen, bis sie nicht mehr konnten. Ich wäre bestimmt eine gute Hure geworden. Um das zu beweisen, stieg ich wieder auf ihn, gab ihm »die Sporen«, und ritt auf ihm herum, bis er wieherte.

»Du bist eine tolle Reiterin«, rief er mir zu.

»Und du ein gutes Pferd«, flüsterte ich, stieg von ihm ab und kniete mich über sein Gesicht. »Komm, mein geiler Hengst, steck mal die Zunge in meine Muschi, sie hat Lust auf dich.«

Tief drang er ein, leckte in einer rasenden Geschwindigkeit in mir herum, dass mir bald der Atem stockte. Ein weiterer Höhepunkt sprudelte aus mir heraus.

Ich kniete mich vor ihn und er stieß sein Rohr von hinten in mich hinein, bis ich wieder kam – er aber auch. Atemlos lagen wir nebeneinander und schliefen ein.

24. Miami SexFieber

Am Morgen klopfte es an der Tür. Sein Kollege war da.

»Ich brauche Sie heute nicht«, rief ich. »Machen Sie sich einen schönen Tag.«

»Wissen Sie, wo Ihr Chauffeur ist?«

»Nein!«, rief ich grinsend und streichelte Mikes Schwanz, der bereits wieder kerzengerade in die Luft schaute.

Der Kollege stiefelte davon und wir begannen wieder, uns gegenseitig Freude zu bereiten. Er gab meiner Muschi einen Guten-Morgen-Kuss und ich nahm seinen Kopf zwischen meine Schenkel. Als er keine Luft mehr bekam, kniff er mir in den Po. Ich lockerte den Schwitzkasten und er knallte sein Rohr in mich hinein. Meine Muschi jubelte und auf ging's. Ich umklammerte ihn mit meinen Schenkeln und er vögelte in mir herum, dass es eine Lust war.

Nachdem wir beide einen herrlichen Morgenorgasmus hinter uns gebracht hatten, gingen wir gemeinsam unter die Dusche, dann zu Frühstück.

»Und nun?«, fragte er, als er satt war.

»Jetzt hast du frei und ich muss mich mit meinem Schiff beschäftigen. Übermorgen muss eine wichtige Entscheidung fallen.«

Als ich sein enttäuschtes Gesicht sah, tat er mir leid.

»Dann komm mit rauf, wir vögeln noch ein bisschen, danach musst du mich aber arbeiten lassen.«

Ich knallte ihn aufs Bett, blies meine Backen auf, dass er fast steife Ohren kriegte, setzte ich mich wieder auf ihn und ritt in Höchstgeschwindigkeit auf ihm herum. Ich ritt und ritt und ritt, bis er um Gnade bettelte.

»Ich kann nicht mehr«, sagte er, nachdem sein kleingewordenes Schwänzchen aus mir herausflutschte.

»Das habe ich schon gemerkt, du kleiner Schlappschwanz.«

Er schlich von dannen und ich konnte mich endlich über meine Pläne hermachen. Bei dem Gedanken an dieses wunderschöne Schiff wurde mir ganz heiß. Einige Stunden beschäftigte ich mich damit.

Der leitende Ingenieur bestätigte mir am Telefon, das alles getan würde, was möglich wäre, Hauptsache man fände einen Käufer. Ob er denn einmal ins Hotel kommen könnte, um ganz kurz einige Fragen zu klären.

Ich sagte zu und er wollte in einer Stunde bei mir sein.

Ich zog mich um: helle Bluse mit tiefem Ausschnitt und einen ziemlich kurzen Rock. Danach stellte ich mich vor den großen Spiegel. »Okay«, sagte ich zu mir, »das müsste eigentlich wirken.« Ich setzte mich hinter den großen Tisch auf dem die Pläne lagen, dann klopfte es.

»Herein«, rief ich.

Herein kam ein Bild von einem Mann, groß, breitschultrig, blond, blaue Augen – hinreißend. Er war der leitende Ingenieur, Mitbesitzer der Werft.

Er strahlte mich an und fragte: »Was kann ich für Sie tun?«

Ich erläuterte ihm meine Wünsche, kurz und klar. Nach längerem Überlegen stimmte er den meisten Wünschen zu, ein paar Dinge musste er aus technischen Gründen ablehnen.

»Ich neige dazu«, sagte ich, »das Schiff zu kaufen. Allerdings sind meine Mittel beschränkt. Außerdem muss ich, da das Schiff bereits fast fertig ist, Dinge übernehmen, die ich so eigentlich nicht haben möchte.«

»Man kann über alles reden«, sagte er. »Es muss aber im Rahmen des Möglichen bleiben. Zu verschenken haben wir auch nichts.«

Er erhob sich, ich mich auch.

Jetzt entdeckte er meine Figur, meinen kurzen Rock, meine schönen Beine. Meine Muschi zwitscherte schon vor Verlangen. Ich lächelte ihn verführerischen an.

Er aber grinste mich unverschämt an und sagte: »Vielen Dank für das Gespräch, Ma'am. Wir sehen uns übermorgen auf der Werft.« Dann verschwand er.

Ich war wild und sauer auf mich selbst. So etwas war mir noch nie passiert! Wütend dachte ich: *Verkauf dein Schiff an wen du willst, aber nicht an mich!*

Ich wollte gerade die Tür zuknallen, da kam der Kollege von Mike.

»Alles in Ordnung, Ma'am? Oder kann ich Ihnen behilflich sein?« Er verschlang mich fast mit seinen Augen, kein Wunder bei diesem Anblick.

»Kommen Sie herein«, sagte ich mir heiserer Stimme und beugte mich über den großen Sessel. Ich hatte kaum durchgeatmet, da war er schon in mir. Er fickte mich wie ein Wilder: schnell, fest – eben wie ein richtiger Mann.

Ich schrie vor Lust.

Da ging die Tür auf. Mike stand da. Konsterniert.

»Schau nicht wie ein Ölgötze, komm rein«, rief ich.

Er zog sich aus, der andere auch, dann trugen sie mich gemeinsam aufs Bett und fielen über mich her. Sie vögelten mich von hinten und von vorn, steckten mir abwechselnd ihre Schwänze in den Mund oder leckten in meiner Fotze herum. Wir waren wie im Rausch.

Als Mike nicht mehr konnte, machte der andere weiter. Er drang in meinen Po ein. Als Mike das sah, kam er wieder. Ich lag auf der Seite und Mike schob sich in meine Muschi. Jetzt hatte ich zwei Schwänze in mir – herrlich! Beide rieben sich aneinander. Das machten sie, bis sie fertig waren. Dann lagen wir erschöpft nebeneinander und atmeten schwer.

Als sie mich nach Stunden in Grund und Boden gevögelt hatten, wankten Sie hinaus. Ich behandelte meine wundgefickte Möse mit lauwarmem Wasser und Salbe. Meine Zunge war geschwollen. Ich kühlte sie mit einem eiskalten Bier, dann schlief ich ein.

***

Am nächsten Morgen klingelte das Telefon. Der Chefingenieur war dran. »Guten Morgen, Mrs Lynn.«

»Guten Morgen«, sagte ich kühl. »Was kann ich für Sie tun?«

»Ich wollte Ihnen nur mitteilen, dass sich ein weiterer Interessent aus Russland gemeldet hat. Der kommt morgen früh, wir müssen also unseren Termin um einen Tag verschieben.«

Im Augenblick verschlug es mir die Sprache. *Jetzt musst du knallhart sein,* ging es mir durch den Kopf.

»Das tut mir leid«, sagte ich mit fester Stimme. »Ich fliege übermorgen früh nach Spanien, zwei Tage später nach Dubai. Ich gebe Ihnen meine Mobilnummer. Wenn der Russe nicht kauft, können wir nächsten Monat noch einmal verhandeln.«

Das saß! Funkstille am anderen Ende.

»Sind Sie noch da?«, fragte ich.

»Ja. Ich äh … Ich werde versuchen, den Termin mit dem Russen um einen Tag zu verschieben.«

»Okay, ich erwarte Ihren Anruf!«

Der wollte mich doch bestimmt nur unter Druck setzen! *Aber nicht mit mir, Freundchen, da habe ich schon ganz andere Kerle besiegt. Warte nur ab!*

Ich wollte mich ins Bad begeben, da merkte ich, dass ich kaum gehen konnte. In den Schenkeln hatte ich so etwas wie einen Muskelkater. Die Muschi war noch wund. Ich wankte zum Bad, als wenn ich noch ein Stück Penis drin hätte.

Ich legte mich eine halbe Stunde in ein mildes Ölbad, dann schmierte ich meine Feuchtoase noch einmal dick mit Salbe ein. Jetzt ging es schon etwas besser.

Das Frühstück ließ ich mir aufs Zimmer bringen. Dann machte ich mich wieder über die Schiffspläne her. Etwas unruhig war ich schon, denn für mich stand längst fest: Ich wollte das Schiff unbedingt haben! Die Pläne, die ich damit hatte, reiften immer mehr. Ich konnte kaum noch an etwas anderes denken. Meine Ideen wurden immer lebendiger, teils verrückter.

Da klingelte das Telefon.

Wieder mein Ingenieur. »Hallo Mrs Lynn, ich habe eine gute Nachricht für Sie. Die Russen sind einverstanden und kommen erst nächste Woche. Der Termin morgen bleibt also bestehen.«

»Okay«, sagte ich kühl, unterdrückte meinen gefühlten Triumpf. »Dann bis morgen früh, zehn Uhr.«

Es klopfte. Mike stand in der Tür.

»Wie geht es dir?«, fragte er.

»Prächtig«, sagte ich. »Komm herein, wir wollen einen schönen Morgenfick machen.«

»Du bist ein Sexmonster«, sagte er. »Ich kann nicht mehr und mein Kollege liegt im Bett und sagt kaum noch piep.«

»Was seid ihr nur für Schlappschwänze!«, rief ich lächelnd, dabei war ich froh, dass sie nicht mehr konnten. So brauchte ich nicht zuzugeben, dass ich auch fix und fertig war. Das ist mir zwar sehr selten passiert, aber wenn zwei so scharfe Hengste stundenlang in, um und auf einem herumorgeln, dann passiert das schon mal. Falls ich mit meinem Schiff zum Abschluss komme, werde ich das mit den beiden im Bett feiern, denn alles, was recht ist: Es hat Spaß mit ihnen gemacht.

»Heute brauche ich euch nicht. Mach's gut und bis morgen, ich habe noch viel zu tun.« Das war nicht gelogen, denn ich musste mir einen Strategieplan für morgen zurechtlegen. Man konnte ja nie wissen ... Immerhin war es möglich, dass diese Russen wirklich existierten.

***

Mike fuhr mich am nächsten Morgen zur Werft.

»Na, habt ihr beide euch von der schweren Arbeit mit mir erholt?«, fragte ich ihn.

»Ich bin wieder topfit«, antwortete Mike lächelnd. »Ich hätte gerade Lust auf dich. Wie es meinem Kollegen geht, weiß ich nicht.«

»Lust hätte ich auch, ich muss aber zu dem Termin, nun heißt es: jetzt oder nie! Wenn alles gut geht, kannst du dich schon einmal auf einen heißen morgigen Tag gefasst machen.«

Mike grinste lüstern.

Ich strich ihm über seinen Schwanz, der ziemlich steif war. Vielleicht brachte er mir Glück!

***

Nach über vier Stunden härtester Verhandlung war alles in Butter. Das Schiff gehörte mir und die Verträge waren unterschrieben. Die Champagnerkorken knallten, alle Beteiligten strahlten.

Das Schiff sollte in sechs Monaten ausgeliefert werden. Genügend Zeit für mich, alles für die Jungfernfahrt vorzubereiten und eine Werbekampagne anzukurbeln. Gleich morgen früh würde ich die Werbeabteilung anrufen und einen ersten Termin vereinbaren. Mein Vorhaben würde Aufsehen erregen!

Nach einer kleinen Feier mit einem vorzüglichen Essen ließ ich mich von Mike abholen.

»Na«, fragte er, »ist bei Ihnen alles glattgegangen?«

»Ja, ist es. Wir werden das gleich zusammen feiern, am besten mit einem flotten Dreier.«

Beide kamen eine halbe Stunde später. Ich hatte Champagner bereitstellen lassen. Einladend hatte ich mich in den großen Sessel gesetzt, meinen Slip aber noch angelassen, so war wenigstens etwas zum Ausziehen da. Die Männer rissen sich ihre Sachen vom Leib. Ich drückte Mike eine Flasche in die Hand und sagte ihm, was er damit anstellen sollte. Er ließ den Korken knallen und goss vorsichtig Champagner zwischen meine strammen Brüste. Der lief an mir herunter, kam zwischen den Oberschenkeln an und der andere Bewacher schlürfte ihn aus meiner Muschi, so lange, bis ich kam.

»Und jetzt wechseln«, flüsterte ich mit heiserer Stimme.

Mike schleckte gierig. Ich zitterte vor Lust, nahm den Schwanz von Sam, so hieß der andere, in den Mund und blies meine Backen auf. Als es mir zum zweiten Mal kam, kam es auch Sam. Ich spuckte rechtzeitig seinen prallen Schwanz aus, so schoss die ganze Ladung an meinem Kopf vorbei. Nun streckte ich Mike meinen Po entgegen. Er drang von hinten in mich ein und vögelte drauf los, als ob es das letzte Mal wäre. Er bescherte mir einen herrlichen Orgasmus und ich wimmerte vor Geilheit. So ging das bis zum frühen Morgen.

Als alle rundum sattgevögelt waren, bestellte ich ein reichhaltiges Frühstück. Anschließend teilte ich Sam mit, dass seine Dienste beendet seien. Ich versicherte ihm, dass er ein strammer Ficker sei und dass ich gern gelegentlich auf ihn zurückkommen würde. Ich übergab ihm einen Umschlag mit einer ansehnlichen Belohnung. Strahlend verabschiedete er sich.

»Es war schön mit Ihnen«, versicherte er mir, bevor er verschwand.

»Und was wird jetzt aus mir?«, fragte Mike.

»Dich brauche ich noch drei Tage als Fahrer und Beschützer.«
Ich legte mich wieder ins Bett.

»Weck mich bitte heute Nachmittag gegen vier«, bat ich ihn, dann schlief ich ein.

***

Als ich erwachte, stand Mike vor meinem Bett. Er hatte mich wohl gerade wecken wollen.

»Zieh dich aus und steck deinen heißen Lümmel in meine Möse, mir ist nach dir.«

Langsam zog er sich aus. Sein Ding wurde immer größer. Mit Schwung versenkte er es in mir – oh, wie tat das gut!

»Nun beweg dich ganz langsam«, flüsterte ich und begann, ihm den Rücken zu kraulen. Wir fickten genüsslich vor uns hin, bis wir gleichzeitig kamen.

»Jetzt steck deine Zunge noch einmal in meine Muschi und einen Finger in meinen Po«, bat ich zärtlich.

Oh, war das ein Genuss!

Er leckte in meiner Muschi wie ein Weltmeister. Sein Mittelfinger bohrte sich tief in meinen Po. Ich zitterte vor Wonne.

»Und jetzt schieb deinen Lümmel in meinen Hintern und spiel mit meinem Kitzler.«

Als er drin war und meinen Kitzler zwischen Daumen und Zeigefinger herumzwirbelte, heulte ich fast vor Lust. Er stieß immer wieder zu, bis es ihm kam.

»Jetzt geht es nicht mehr«, röchelte er.

Ich legte ihn auf den Rücken, spreizte meine Möse über ihm auseinander und setzte mich auf sein Gesicht, aber so, dass er noch genügend Luft bekam.

Zu guter Letzt kam es mir noch einmal und ich belohnte ihn mit einem saftigen, langen Zungenkuss, bevor wir ins Bad gingen.

Nach einer kräftigen Dusche zogen wir uns an, fuhren in ein kleines Restaurant zum Abendessen, dann gingen wir ein wenig spazieren und kamen an einer Bar vorbei.

»Lass uns noch einen Drink nehmen«, sagte ich zu Mike.

»Hier haben Frauen keinen Zutritt, das ist ein Bordell«, sagte er.

»Das wollen wir doch mal sehen ...« Ich grinste und sprach den Türsteher an. »Hallo, mein Freund, ist es wahr, dass hier keine Frauen rein dürfen?« Dabei hielt ich ihm zweihundert Dollar unter die Nase.

»Kommt darauf an, was du willst«, sagte er und nahm mir die zwei Scheine aus der Hand. Dabei fummelte er zwischen meinen Beinen.

»Ein Kerl bist du offenbar nicht«, sagte er. »Bist du vielleicht lesbisch?«

»Ich tanze auf beiden Hochzeiten«, beschied ich ihm.

»Dann komm rein, da hab ich was für dich.«

Wir gingen hinein, bestellten uns zwei Whiskeys, während der Türsteher nach hinten verschwand. Er kam zurück mit einer strammen Blondine, der Chefin des Hauses.

»Was machen wir mit deinem Kerl?«, fragte sie mich.

»Den nehmen wir mit, er kann uns zuschauen.«

»Okay, dann kommt.«

Mike schaute verschreckt. »Ich warte lieber an der Bar.«

»Mit gefangen, mit gehangen«, flötete die Blondine, packte ihn am Arm und zog ihn mit in ein Separee.

»Wollt ihr Sekt oder lieber etwas anderes?«

»Sekt ist okay«, sagte ich.

Da saßen wir zu dritt und grinsten uns an.

»Wollen wir deinen Begleiter erst vernaschen, oder gleich zur Sache kommen?«, fragte die Barchefin.

»Was möchtest du denn lieber?«

»Mir egal. Mal sehen, was er zu bieten hat.« Sie knöpfte Mike die Hose auf, grinste lüstern und sagte: »Den schnappen wir uns erst einmal.«

Mike wollte aufstehen. Das ließ sie aber nicht zu und schleppte ihn zur Couch, die in dem gemütlichen Raum stand, und legte ihn mit wenigen Griffen flach. Sie zog ihn aus, sich auch und fragte mich dann: »Möchtest du zuerst lieber Schwanz oder Zunge?«

»Zunge«, flüsterte ich und zog mich ebenfalls aus.

Sie setzte sich auf ihn, sein Schwanz flutschte in ihre feuchte Möse. Ich kniete mich über sein Gesicht, aber so, dass ich die stramme Blondine vor mir hatte.

Sie bewegte ihren Unterkörper langsam auf und ab. Ich ließ meine Möse etwas näher auf sein Gesicht nieder, sodass er mühelos mit seiner Zunge in ihr herumlecken konnte. Meine üppige Partnerin streichelte meine Knospen, die ganz hart wurden. Ich belohnte sie mit einem geilen Zungenkuss. Langsam kamen wir auf Touren. Mein erster Höhepunkt rückte immer näher. Plötzlich kam sie.

Mike hatte seine Freude an ihr, auch er entlud sich kurz darauf.

»Jetzt wechseln wir«, rief ich.

Wir stiegen beide ab. Sie stülpte ihre saftige Möse über sein Gesicht und ich setzte mich auf ihn, ließ sein hartes Ding langsam in mich einfahren und los ging's. Bald spürte ich, dass sein Schwanz immer kleiner wurde. Ich stieg ab, küsste ihre strammen Brüste und schob sie von Mike herunter.

»Du hast jetzt Pause, kannst uns zusehen«, sagte ich.

Lucy, so hieß meine heiße neue Freundin, wühlte mit ihrer Hand in meiner feuchten Muschi herum. Ich tat es ihr gleich.

Wir küssten uns heiß und innig.

Endlich wieder einmal eine Frau, dachte ich.

Lucy kniete sich vor meine Muschi, betrachtete diese und vertiefte sich mit ihrer flinken Zunge darin. Herrlich!

Mike sah dem Ganzen zu und wurde wieder munter. Sein Ding wuchs und wuchs. Der schöne Arsch von Lucy machte ihn ganz verrückt. Er nahm sein bestes Stück zur Hand und schob es ihr vorsichtig zwischen ihre festen, runden Pobacken.

»Oh, wie schön«, jubelte sie. »Stoß zu.«

Das tat Mike voller Lust, dann glitten seine Finger in ihre zitternde Möse. Er bewegte ihren Kitzler, bis sie unter lautem Stöhnen zu ihrem nächsten Höhepunkt kam. Auch Mike stieß einen Schrei aus.

»Fick weiter«, stammelte Lucy und leckte in mir herum, dass ich bald wahnsinnig wurde.

Es ging so lange weiter, bis wir alle drei nicht mehr konnten. Lucy führte uns in ein Bad und wir setzten uns gemeinsam in eine riesige Wanne, wuschen und küssten uns gegenseitig. Dann zogen wir uns an, setzten uns an die Bar, wo Lucy drei große Drinks ausschenken ließ.

»Es war schön mit euch«, flüsterte Lucy. »Jetzt muss ich mich aber um mein Geschäft kümmern.«

»Dann sag mir bitte, was ich dir schulde«, bat ich.

»Dieser heiße Abend geht auf meine Kappe«, sagte Lucy. »Ich bin lange nicht mehr so verwöhnt worden. Wann sehe ich euch wieder?«

»Das kann einige Zeit dauern. Wenn ich aber in etwa sechs Monaten zur Werft muss, komme ich bestimmt zu dir und wenn alles gut geht, dann lade ich dich zu meiner Jungfernfahrt auf meinem Schiff ein.«

»Du hast ein eigenes Schiff?«

»Noch nicht, es wird gerade gebaut.«

Lucy war beeindruckt. Sie küsste mich noch einmal heftig auf den Mund, dann standen wir vor der Tür. Der Türsteher grinste uns hinterher.

25. GENUG GEVÖGELT!

»Soll ich dich noch reinbringen?«, fragte Mike, als wir vor unseren Zimmertüren im Hotel standen.

»Lieber nicht, ich glaube, wir haben heute genug gevögelt«, sagte ich lächelnd. Als ich sein trauriges Gesicht sah, konnte ich ihm nicht widerstehen.

»Na schön, dann komm. Einmal können wir noch!«

Er strahlte.

Im Zimmer zog er mich ganz langsam aus, küsste mich zärtlich und hob mich aufs Bett. Er drang in mich ein und bewegte sich zärtlich in mir hin und her. Es war wunderschön. Ein letzter, unvorstellbarer Orgasmus strömte durch meinen Körper. Er verließ schnell mein Bett, zog sich an, winkte noch einmal, dann war er verschwunden.

Ich weinte ein paar Tränen, holte mir ein Taschentuch und legte mich wieder hin. Morgen würde ich Frank besuchen und dann ging es für mich wieder nach Los Angeles. Die Zeit in Miami war beendet.

Was war das für eine schöne Zeit!

Weitere erotische Geschichten: